初瀬屋の客

狸穴《まみあな》屋《や》お始末日記

西條奈加

文藝春秋

目次

装画　田中海帆
装丁　野中深雪

初瀬屋の客　狸穴屋お始末日記

祭りぎらい

「こんちは！　女将《おかみ》さんはおりやすかい？」

この屋の暖簾《のれん》を、快活にくぐる者はめずらしい。つい相手を、じっくりと確かめた。

職人風で、歳は絵乃《えの》と同じくらいだろうか。二十三、四に見えた。

「相すみません、主人はあいにくと出ておりまして。よろしければ、代わりにご用の向きを承ります」

「ええと……新しく入った、お女中ですかい？」

「いえ、手代《てだい》です。申し遅れました、絵乃と申します」

畳に手をついて辞儀をする。土間に突っ立っていた客が、へえ、とたちまち興を寄せる。

「なんだよ、新しい手代が来たなんて、きいてねえぞ。ひょっとして、お志賀《しが》さんの代わりかい？」

「はあ、まあ……」

「いやあ、こんな若い別嬪《べっぴん》がいるなら、もっと早くに足を運ぶんだった。いつからここに？歳はいくつだい？」

框《かまち》に腰を下ろして、軽い調子で問いを降らせる。こういうぐいぐい来る手合いも、歯の浮くようなべんちゃらも、絵乃は何よりも苦手とする。前の亭主を、彷彿させるからだ。

ようやく離縁が成ったというのに、またぞろ同じ間違いをしでかすつもりはない。

「『狸穴屋《まみあなや》』は、公事宿《くじやど》です。公事のご用がおありでしょうか？」

「おお、なかなか堂に入ってるじゃねえか。女将やお志賀さんの受け売りかい？」

背筋を伸ばし、きりりと告げたが、相手にはまったく効き目がない。子供でも眺めるようににこにこする。口ぶりからすると、初見の客ではなさそうだ。ただ、年齢や身なり、何よりもこの明朗さが、公事宿の客にはとても見えない。

公事とは訴訟、つまりは双方が揉めに揉めた果てに、最後に行き着く手段である。村と村、町と町、あるいは家と家での諍《いさか》い。もしくは同じ屋根の下に住む者同士の悶着《もんちゃく》もある。

概《おおむ》ねは内済《ないさい》――内々に事を収めるのだが、相談がこじれて如何《いかん》ともし難い事態に陥ると、裁判沙汰となる。この訴訟や裁判が公事であり、これを手助けするのが公事宿である。

「お客さまは、前にもこちらにいらしたことが？」

「まあ、何度か。最初はこおんな、小っさい頃だったがな」

客は己の目の辺りを、手で示す。幼児の頃に連れられてきたというなら、思いつくことはひとつしかない。

「もしや、親御さまが離縁なされたのですか？」

「そのとおり。それがな、きいてくれよ。うちは代々、型付師《かたつけし》でよ」

「型付というと、浴衣や小紋の？」

「ああ、うちは浴衣を専《もっぱ》らとしていてな。知ってるか？　浴衣の型付がいちばん手間なんだぜ。型送りと型継ぎばかりじゃなく、表と裏の柄も、ぴったり合わせねばならねえからな。おれもじいさんに、そいつを叩っ込まれたが、未だに及第はもらえねえ」

　型紙を布地に置き、その上から糊を置いて模様をつけるのが、型付と呼ばれる工程である。糊を置いた部分だけ染料がつかず、白く染め抜かれて模様が浮かぶ。

　細かな模様を散らした小紋や、浴衣なぞに用いられるが、柄の継目がわからぬよう、ぴたりと合わせる型継ぎが、まず肝になる。さらに裏地のない浴衣の場合は、表と裏、両方から染めを施さねばならず、この表裏の模様合わせも必要となり難度はぐんと上がる。

　職人は型付について一席打《ぶ》ったが、歯切れのいい弁舌に釣り込まれて、ふんふんと絵乃もしばしきき入った。

「お客さまも、おじいさまやお父さまから、難しい技を仕込まれたのですね」

「いや、親父は途中で逃げちまった。まあ一応、修業は終えて、職人として働いていたんだが、うちのじいさんは厳しい上に口が悪くてな。実の息子には、いっそう風当たりが強い。毎日毎日、馬鹿、間抜け、すっとこどっこいと怒鳴られて、いい加減頭にきたんだろうな。ぷいと家をとび出しちまって、それっきりよ」

「まあ……お父さまは、いまどちらに？」

「それがよ、金沢だぜ。加賀友禅てえ派手な染めに魅《み》せられて、そいつの技を身につけるとか抜かして、ひとりで行っちまった」

「お母さまは、金沢までご一緒されなかったのですか？」

「おふくろは、江戸に店があったからな。放っていくわけにもいかず、めでたく離縁が成ったというわけよ。おれは四つだったから、あまり覚えちゃいねえがな」

　離縁となれば、男子は男親に、女子は女親に引きとられるのが通例で、加えて父親が出奔《しゅっぽん》した以上、曲がりなりにも跡継ぎの立場となる。母親が家を出た後は、祖父母のもとで育てられたと、職人は語った。

　口調はからりとしていたが、いわば幼くして、実の両親と引き離されたに等しい。さぞかし物思いは深かったろうと、内心で同情する心持ちがわいた。

「お小さい折に当旅籠《はたご》にお見えになったのは、やはり親御さまの離縁のためですか？」

「いんや、離縁はまったく関わりねえよ。おふくろに会いにきただけだ」

「お母さまに、会いに……？　え？　それはどういう……？」

　頭がこんぐらがってきたところに、この屋の母娘《おやこ》が帰ってきた。

女将の桐《きり》と、娘の奈津《なつ》である。職人を認めるなり、奈津が声をあげる。

「あら、佐枝《さえ》兄さん！　来ていたの？」

「お兄さん……？　お奈津さんの……？」

「ええ、兄の佐枝吉《さえきち》よ。ちなみに三番目の兄で、あたしのすぐ上。お父さんはおっかさんにとって、四人目のご亭主になるけれど」

あっけらかんと、奈津が返す。奈津は今年十八で、佐枝吉は五つ上だというから二十三、絵乃よりひとつ年下だった。

「てことは、この方は、女将さんの……」

「ああ、息子だよ。五人兄弟の、ちょうど真ん中でね。そういや、お絵乃は初めてかい？」

「兄さんたちも、小さい頃はよく通ってきたけれど、大人になってからは、滅多にここには顔を出さないものね」

「こんな可愛い新入りがいるなら、これからは足繁く通わせてもらわあ」

「相変わらず、調子が軽いわね、佐枝兄さんは」

「言っとくが、うちの手代に手を出したら、たとえ息子でも承知しないよ」

「七人もの亭主を袖にした、おっかさんに言われてもなあ」

「なに言ってんだい、あたしが物分かりのいい女房だからこそ、手早く離縁が成ったんじゃないか」

「手早くって、いいのかそれで?」

「さっさと手早く離縁を収める。それが狸穴屋の身上だからね」

女将の桐が、胸を張る。すでに五十を越えているが、自らが七度の離縁を経て、それぞれ父親の違う五人の子を儲けた。離縁においては、紛うことなく玄人《くろうと》の域だ。

この女将の差配の許、狸穴屋がもっとも得手《えて》とするのが離縁であった。

めでた尽くしの結縁《けちえん》に対して、離縁はいわば負の連鎖もつれてこじれるのはあたと言える。離縁の難しさは、情が絡むからだ。怒りや恨みであったり、あるいは子やつれあいへの情愛であったり。どちらにせよ、絡み合って固い結び目となり、どうにも解けなくなった挙句、公事宿を頼ってくる。

公事も辞さないとの覚悟をもって、訪ねてくる者も多かったが、離縁の場合はできるだけ内済を心掛ける。公事とはその名のとおり、事を公にすることだが、情が衆人に晒《さら》されることで、傷つくのは当人たちであるからだ。

絵乃は去年の秋に雇われ、三ヶ月の見習い期間を経て、今年の初めから正式に狸穴屋の手代となった。それからふた月余しか経っていない、まだまだ新参だ。

今日のような勘違いやしくじりも茶飯事だが、有難いことに心強い指南役がいる。

親子三人が、わやわやと賑やかにやり合っていたところに、指南役が帰ってきた。

「あれ、佐枝じゃねえか。めずらしいな、いつ以来だ?」

「椋《むく》兄、久しぶり！　たしか去年の月見で会ったから、半年は経っちまったな」

手代の椋郎《むくろう》は、新参の絵乃の指南役を務めている。佐枝吉からは椋兄と呼ばれ慕われているようだが、女将の息子ではなく雇いの手代である。

「佐枝がこの屋に来るなんて、近頃じゃなかったろ？　何か用向きがあったのか？」

「そうだった！　おっかさんや椋兄に相談事があったのに、すっかり忘れてた！」

椋郎に水を向けられて、佐枝吉が肝心要の用件を思い出す。

「知り合いの笛師《ふえし》が、女房の親から離縁を申し渡されてよ。何とか離縁に至らぬよう、力を貸しちゃくれねえか？」

「つまりは離縁じゃなく、縁を戻してほしいってわけか？」

椋郎が念を入れ、佐枝吉がうなずく。いつもとは逆の頼みだが、桐はそこには頓着せず、息子に仔細を乞うた。ひととおりの経緯《いきさつ》をきいてから、女将は手代にたずねた。

「どうだい、椋、収めてやれそうかい？」

「五分五分といったところでやすが、ひとまず当人たちから話をきかねえと。まずは亭主に会って、それから女房と親御さんにあたってみやす」

「あの、あたしもご一緒して構いませんか？」

「ああ、頼まあ。笛師のかみさんは、お絵乃さんに任せるよ」

新参にとっては、何事も肥やしとなる。勇んで同行を申し出た絵乃に、椋郎は気軽に応じ、女将も許しを与えた。

「それにしても、めずらしい離縁の種ね。これまできいたことがないわ」

「男の側の離縁の理由《わけ》は、たいがいが酒、博奕《ばくち》、女癖と、相場が決まっているからね」

奈津と桐のやりとりに、思わず絵乃も大きくうなずく。絵乃の離縁の因《もと》も、やはり元亭主の女癖の悪さである。

「まさか浅草の三社祭が、離縁の種になるとはなあ」

「何事も、過ぎたるは猶《なお》及ばざるが如しってことだね」

椋郎のため息に、桐が苦笑する。いわば祭り狂いのために、婿入りした妻の家から離縁を申し渡されたのは、近次《ちかじ》という笛師だった。


「三社祭はたしか、三月十七日と十八日だったな。あと十日もねえってことか」

翌日、椋郎と絵乃は、浅草に向かった。三月初めに桜が咲いて、それから数日、花冷えが続いたが、今日はすっきりと晴れて、どこぞの庭で咲いているのか、青空を背景に舞う花弁が美しい。

浅草御門を抜けて、神田川に架かる橋をわたる。川のそこここに桃色の絵具を落としたように、花弁の溜まりが浮いていた。

「何だか、懐かしいですね、三社祭。あたしも元は浅草に住んでいたから……」

桃色の溜まりをながめながら呟《つぶや》くと、心配そうな声がかかる。

「大丈夫か？　気が進まねえなら、今日はやめておくか？」

いかにもこの手代らしい気遣いだ。たしかに浅草には、嫌な思い出の方がよほど多い。

「平気です。椋郎さんは、少し心配が過ぎますよ。あたしは子供じゃないんですから」

「と言ってもなあ、まだふた月余しか経ってねえし」

「ふた月もあれば十分、もう過去《むかし》の話です」

あの泥沼のような暮らしから、ようやく抜け出せたのだ。過去と言えることは幸せで、憂いから解き放たれたいまが、何よりも有難い。

「そうか、それならいい。すまねえな、余計なことを」

椋郎は詫びたが、気の優しいこの手代ならではの心遣いだとわかっていた。

「そういや、おっかさんとの暮らしはどうだい？　もうすっかり落ち着いたかい」

「はい、おかげさまで。落ち着いたのはいいけれど、おっかさんが働くといってきかなくて。こっちは楽隠居させるつもりでいたってのに。結局、大家さんの口添えで、近所の仕出屋で下働きを始めたんですよ」

「近所ってえと、どこだい？」

「同じ橘町《たちばなちょう》の一丁目です。うちは四丁目ですけど、堀沿いにある仕出屋で」

絵乃はそれまで狸穴屋で寝起きしていたが、正月半ばからは長屋を借りて、母とふたりで住んでいた。橘町の長屋から北に向かい、横山町《よこやまちょう》を抜けると、狸穴屋のある馬喰町《ばくろちょう》二丁目に至る。

馬喰町は、とかく公事宿が多い。江戸の公事宿は方々にあるが、数の多さでは馬喰町は頭ひとつ抜けている。公事宿を名乗るには、幕府公認たる公事宿株が必要であり、それ以外の公事師は、いわばもぐりであった。

狸穴屋は、桐の二人目の夫の生家であったが、亭主は蘭学修業を志し、長崎に行ってしまった。どうも桐は、下手に志《こころざし》が高く、地に足のついていない男を好む——とは娘の奈津の言い分だが、決して外れてはいないようだ。現に奈津の父は剣の武者修行に、佐枝吉の父は金沢友禅に憧れて、それぞれ江戸を離れた。

一方の桐も、負けず劣らずの強者《つわもの》だ。先代たる義父から頼まれて、息子の代わりに狸穴屋の跡継ぎに据えられたときは、まだ二十二歳だった。先代や番頭から公事のやりようを仕込まれ、先代亡き後は女将として狸穴屋をまわしてきた。

七度の結婚と離婚、五度の出産を経た上での話である。いったいどうしたら、そうも逞《たくま》しくなれるものかと呆れるほどだが、桐の存在は眩しく、また勇気も与えてくれる。

たった一度の離縁すら、絵乃には人生の一大事であり、別れる縁には垢じみた負の感情がごっそりと剝がれてくる。こんなに溜め込んでいたのかと、怖気《おぞけ》が立つほどだが、狸穴屋と桐のおかげで、どうにか乗り越えられた。

だが、そのきっかけをくれたのは、となりにいる椋郎だ。亭主のことで参っていた絵乃を拾って、狸穴屋へと連れていった。この男の性分であり、犬猫を拾うのと変わりないのかもしれないが、それでも絵乃は有難く思っていた。

「こんなふうに存分に春を味わえるなんて、去年の今頃は考えてもいなかった……これも椋郎さんのおかげです」

「え？　何か言ったかい？」

「いえ……桜の花弁《はなびら》が、どこから舞ってくるのかなって」

「大方、その辺の武家屋敷だろ。川のこっち側は、大名屋敷が多いからな」

椋郎が律義にこたえる傍《そば》から、風がまた桃色の桜吹雪を運んできた。


近次という笛師に引き合わされたときは、少々面食らった。

「こいつはまた、何ともご立派な……」

と言ったきり、椋郎はしばし口をあけた。絵乃もまた、相手の体軀に圧倒される。力士と見紛うような大男で、丈も高いが横も相応だ。からだの大きさは憧れでもあり、相撲人気もそれ故だ。椋郎もまた、羨望の眼差しを向ける。

「わはは、でっけえだろ。こんなでけえのに、肝っ玉は小さくてな、鼠くれえしかねんだ」

となりに座る佐枝吉が小柄なだけに、近次の大きさがいっそう際立つ。

待ち合わせ場所は、浅草聖天町《しょうでんちょう》にある『長七《ちょうしち》』という蕎麦《そば》屋だった。店を訪ねると、そのまま奥に通されて、言われるまま二階に上がる。二階は蕎麦屋一家の住まいのようで、二日前に家を出された近次は、ここで厄介になっていた。

「ほれ、近次、挨拶しろい」

佐枝吉に肘で小突かれたが、細い目をぱちぱちさせ、金魚のように小さな口をあけた。

「こ、こんちはご面倒をお頼みして、申し訳ありやせん……」

大きなからだを精一杯すぼめて、蚊の鳴くようなか細い声を出す。いたって口が重く、また恥ずかしがりでもあるようだ。勢い仔細を説くのは、主に佐枝吉の役目となった。

「近次は入婿でな、この聖天町にある笛師の家に入った。四年前のことだ」

義理の父親は、相模弥兵衛《さがみやへえ》。浅草では名の知れた笛師で、五人ほどの弟子もとっている。ただ、近次は弥兵衛の弟子ではなく、別の師匠のもとで修業したという。

「それじゃあ、ご妻女との馴れ初めは？」

「お宗《むね》とは、祭りで出会って……」

椋郎の問いに、近次は恥ずかしそうに下を向く。

宗はひとり娘であり、おそらく弟子の誰かと添わせるつもりでいたのだろうが、あろうことか娘は、親を蚊帳の外にして相手を決めてしまった。娘可愛さに婿入りを承知したものの、癪《しやく》の種であることには変わりない。

「言っとくが、笛師の腕にかけちゃ、近次に不足はねえんだぜ。職人てのは、それぞれこだわりがあるからよ、所変われば、やりようも出来も変わる」

近次は最初こそ苦労したものの、素直に弥兵衛の笛を真似て、また根気の良さも手伝って、この三年で、ほぼ習得したという。

「ほんの三年で……たいしたものですね」

自身も新参だけに、決して世辞ではなく、心からの褒め文句だ。

「同じ篠笛《しのぶえ》でやすから……」

近次は謙遜したが、緊張が解けたのか、初めて丸い顔に笑みが浮かんだ。

「篠笛というと、囃子《はやし》で吹く横笛ですかい？」

「へい、お見せしやしょうか」

近次は傍らの棚に手を伸ばす。十本ほどの篠笛が並んでおり、一本を抜き出して椋郎に見せた。

横笛は、龍笛《りゅうてき》や能管《のうかん》、神楽笛《かぐらぶえ》などさまざまあるが、庶民にもっとも親しまれたのが篠笛である。細い篠竹を材として、燻《いぶ》したり漆を施した物もあるが、大方は竹の地のままで素朴な作りだ。歌口《うたぐち》と呼ぶ吹き孔《あな》に、指孔は七つ。孔の配置は、雅楽に使われる龍笛と同じだと、近次は少し饒舌《じょうぜつ》になって語った。

「指孔が五つや六つの笛もありやしてね。音の高さによって、長短は十二本。長いほど音が低くて、いちばん長くて音が低いのが一本調子でさ」

二、三と上がるごとに、笛は短く、音は高くなり、十二本調子まであるという。
「いわば十二律になりやして、律はもともと竹の管で、長さによって音の高さを決めたそうでさ」

十二律の音階は中国で定められ、後に朝鮮や日本に伝わったと近次は説いた。初めてきく話に、椋郎や絵乃は感心したが、佐枝吉はふたたび近次を小突く。

「能書《のうがき》なんぞより、もっとわかりやすい方があるだろ。吹いてくれや、近さん」

「え、でも、相談の場で無作法じゃ……」

近次は尻込みしたが、手代ふたりも、ぜひ、と乞うた。

「それじゃあ、少しばかりお耳汚しを……」

この笛は、八本調子だと告げて、近次は笛を構えて歌口を下唇に当てた。

とたんに笛が、軽やかな音色で歌い出す。調子は心地良く、音は澄んでいて、まるで爛漫《らんまん》の春を祝うかのように、開け放した窓から、音が空へと上っていく。

笛の作り手だけに相応に馴染んでいようが、その域を越えている。玄人はだしの腕前に、公事も離縁もしばし忘れて、気持ちの良い音色に絡めとられる。

祭囃子を一節《ひとふし》披露して、近次は笛を置いた。すぐさま惜しみない賛辞を贈るつもりが、それより早く、外からわっと歓声がわいて拍手が響く。

「いよっ、近次！　今日もいい歌いっぷりじゃねえか！」

「本当に惚れ惚れするねえ。あの笛をきくと、寿命が延びる心地がするよ」

「祭りも頼むぜ！　楽しみにしてるからよ」

往来からやんやの喝采を浴び、近次は照れながらも、窓から顔を覗かせて、下に向かってぺこりとお辞儀する。

「いや、参った。これほどの笛の名手とは……」

「本当に、何て音色かしら。座ったまま、からだが弾みそうになったわ」

そうだろ、そうだろ、と当人よりも佐枝吉の方が得意顔だ。

「三社祭でも、近さんの笛は当てにされてな。付祭《つけまつり》の囃子方を任されてんだ」

「てっきり、神輿の担ぎ方かと……」

「こんなでかいのが混じっていちゃあ、神輿が傾いちまわあ」

つい口にした絵乃に、佐枝吉が軽口で応じる。

「二年前は担ぎ方を頼まれやしたが、おれは元から囃子が好きで」

「近さんを引き抜かれちまって、下谷《したや》の衆としちゃ大損だがな」

「ああ、もしかして、近次さんは以前、下谷にいたのかい？」

「そうだよ。あれ、椋兄に言ってなかったか？」

「きいてねえぞ。下谷にいる佐枝と、浅草の近次さんがどう繋がるのかと」

「おれの笛の師匠が下谷にいて、佐枝吉つぁんの家とはごく近所でして」

「近さんが修業していた頃は、互いによく行き来してな。だが、何と言っても近さんといや祭りだ。下谷稲荷の祭りでは、十五の歳から囃子方に重宝されていたんだぜ」

江戸の大祭と言えば、まず天下祭として名高い、神田祭と山王祭。浅草三社権現祭礼もまた、天下祭に次ぐ人気を誇った。

そして祭りでもっとも人気の出し物は、神輿でも山車《だし》でもなく付祭である。

付祭はいわば踊屋台で、娘や子供が屋台に乗って手踊りをする。踊り手は町内の氏子に限らず方々から集まり、踊りや音曲は祭りのたびに、それぞれの町内が趣向を凝らす。

神田祭や山王祭では、付祭のために玄人の芸人と囃子方が招かれて、出し物を吟味し囃子を奏する。三社祭でも気合の入れようは同じで、やはり玄人頼みの町内もあったが、聖天町の住人は、近次の笛に惚れ込んで、今年は囃子方の元締めを任せた。

「でも、そのために、お宗と別れる羽目に……親父さまが怒るのも、無理はねえ」

「近さん……」

丸まった広い背中を、宥《なだ》めるように佐枝吉がさする。小さな身で大きなからだに寄り添うようすは、絵乃の目には微笑ましく映った。

「仔細は伺っております。ひとつだけ、確かめたいことがございます」

椋郎は公事師の顔になり、口調も改めて近次にたずねた。

「近次さんは、ご妻女とは別れたくない。お気持ちとしては離縁には承服しかねると――そのご存念で、間違いありませんね？」

細い目に涙をためながら、うんうんと何べんもうなずく。

「でも、こうして三行半《みくだりはん》をもらっちまっては、どうにもできねえんじゃ……？」

三行半は、夫が妻に宛てて書くものだが、入婿の場合は立場が逆になる。

近次が見せた三行半は、相模弥兵衛の名で認《したた》められていた。

椋郎はその紙を受けとって、内容を確かめてから近次に言った。

「この状は、お預かりいたします。必ず、とは申せませんが、どうにもならないことをどうにかするのが、手前ども公事宿です。精一杯、努めさせていただきます」

椋郎がきっちりと頭を下げて、絵乃もそれに倣《なら》う。

少しは励みになったのか、近次は洟《はな》をすすって、お願いしますとふたりに応じた。


蕎麦屋を出て、通りを北に向かう。この道を行くと吉原遊郭で有名な山谷堀《さんやぼり》に至るが、その手前で聖天町は終わっていた。山谷堀に架かる橋が見えてきた辺りで脇道に入る。

笛師の家は、裏通りながら二階屋で、間口も相応だった。表が仕事場になっていて、弟子がそれぞれ作業に従事している。ひとりが客をとりつぎ、奥から主人が出てきたが、用向きを告げるなり、きつい目で睨まれた。

「公事宿だと？　近次ときたら、姑息《こそく》な真似を」

相模弥兵衛は、壮年の細身の男で、婿とは見事なまでに対《つい》をなしていた。

「近次さんは、こちらさまとも娘さんとも、縁を切りたくないとお望みです。どうかお話だけでも……」

「赤の他人に、家内に立ち入らせるつもりはない！　帰ってくれ！」

けんもほろろのあつかいで、とりつく島すらない。椋郎も粘ったが、父親は頑として譲らない。

「相模の若頭の立場だというのに、半月ものあいだ仕事を放ったらかして、祭りにかまけているのだぞ。おまけに娘まで巻き込んで、遂にはあのような始末に……」

唇を固く引き結び、握った拳《こぶし》は震えていた。

「むしろ訴えたいのは、こちらの方だ！　黙って出してやっただけでも有難く思えと、近次にはそう伝えろ！」

腹にたまった鬱憤《うっぷん》を吐き出して、背を向けた。しょうことなく退散し、椋郎がため息をつく。

「参ったなあ、思った以上のこじれようだ……さて、どうするか」

ここまでやり込められても諦めてはおらず、それが頼もしい。

「こうなったら、外堀から埋めるしかなかろうな。親戚縁者やご近所を片端から当たって、とっつきを探さねえと……とはいえ、暇をかけると金もかかるからなあ。あまりに嵩《かさ》むと、払いようが……」

「椋郎さん、手始めに、あのお人にきいてみては？」

ぶつぶつと呟いていた手代に声をかけ、相模の家を指し示す。出てきたのは、四十がらみの女中だった。互いにうなずいて後を追う。表通りに出たところで、絵乃が呼びとめた。公事宿の者だと明かして、用件を告げる。

むつと名乗った女中はいたく驚いたものの、すぐさま同情を口にした。

「若内儀《わかおかみ》も、若頭と同じお気持ちなんですよ。今回の不始末は、若頭のせいじゃない。大事にしなかった己のせいだと仰《おっしゃ》って……」

妻の宗は、身重のからだだった。一緒になって四年、初めてできた子である。喜びもひとしおだったが、時を同じくして、近次は毎日、祭り稽古のために家をあけるようになった。宗は止めるどころか喜んで夫を送り出し、自らも差し入れを手に、毎日のように稽古場に通った。

しかし稽古場でかいがいしく立ち働いていた折に、急に腹痛を訴えてその場で倒れた。産婆が手当てして、宗は辛《かろ》うじて事なきを得たものの、お腹の子は流れてしまった。

「お頭さまは初孫を楽しみにしていただけに、がっくりきなすったのでしょうね。怒りの矛先をすべて、若頭に向けられて……離縁はさせないでくれと若内儀も乞うたのですが、お頭さまはきき入れず、若頭を追い出してしまわれて」

弥兵衛の気落ちは、十二分に察せられる。ただ、娘がいちばん辛いときに、夫と引き離すのはやり過ぎだ。現に娘は、夫が去ってからよけいに加減が悪くなり、すっかり寝付いてしまったという。

「もとよりご主人は、近次さんを快く思っていなかったのでしょうか？　おふたりの仲は、いかがでしたか？」

　そもそも親の決めた縁談ではないだけに、それだけでも不足と言えよう。また共に暮らしてみれば、気性が合わない、仕事ぶりが気に入らないなど、義理の親との確執はよくある話だ。しかし女中は、あいまいに首を傾げた。

「どうでしょうか……決して仲が悪いわけではないと思います。馴れ初めはともかく、若頭は大人しくて素直なご気性ですから、お頭さまには逆らわず、笛の仕立てにも精進なさいました。少なくとも若頭が拵《こしら》えた笛には満足なすっていたと、弟子の者たちからきいています。ただ……」

「ただ……？」

「若頭が笛の音を披露するたびに、嫌な顔をされていました」

「あんなにいい音なのに？」と、絵乃がにわかに驚く。

「はい、一度や二度ではなく何度も……遂には無暗《むやみ》に吹くなと達せられて、若頭も家の中では遠慮するようになりまして」

　ついさっき、近次が奏でる音色にきき惚れたばかりだ。思わず椋郎と顔を見合わせた。

「若内儀もやはり、若頭の笛がお好きだっただけに残念に思われて。稽古場に通っていた頃は、毎日、若頭の笛をきけて幸せだと仰ってましたのに……」

痛ましそうに、むつは目を伏せた。やりとりを絵乃に任せ、椋郎はしばし考え込んでいたが、ふいに顔を上げた。

「ご主人は、近次さんの作る笛には満足していたが、奏でる笛の音は嫌っていた。つまりは、そういうことになりやすね？」

「はい……もとよりお頭さまは、祭りそのものが、あまりお好きではなくて」

「篠笛の職人が、祭り嫌いってことですかい？　そいつは存外でやすね」

よほど意外だったのか、日頃の口調に戻って、椋郎が驚きを口にする。着物に興味のない仕立師や、甘味の苦手な菓子師がいても不思議はないが、やはり引っかかりは覚える。

「人は立て込むし騒々しいし、笛や太鼓の音も耳障り《みみざわ》りだと仰いまして。若頭と若内儀が祭り稽古にかまけることも、面白くなかったのだと思います」

きいているうちに、だんだん腹が立ってきた。好き嫌いは仕方がない。ただ、それを人に押しつけて、挙句に娘夫婦の仲を裂くのは、どうにも納得がいかない。同時に、絵乃の中に、強い思いが兆《きざ》した。

「ほんの短い間で構いません。若内儀に、お目にかかることはできませんか？」

父の弥兵衛には断られてしまったが、何とか目を盗んで、密かに会って直《じか》に話したい。絵乃は懸命に乞うた。

「このままでは、おふたりは離ればなれになってしまう。互いに思い合っているのなら、何とか力になって差し上げたいのです」

「ですが若内儀は、未だに床に臥せっておりますし」と、むつは困り顔を向ける。

本当ならこんなとき、頼りになるのは娘の母親だ。しかし弥兵衛の妻は、六年前に他界しており、後添いは迎えていない。父の世話や家内の仕切りは、娘の宗が引き受けて、婚期が遅れたのはそのためだった。娘の我儘《わがまま》を許して近次を婿にしたのは、その引け目もあったのではないかと、むつは見当を口にした。

「あたしも六年前、お内儀が亡くなられてから雇われたので、それ以上のことは……」

買物を済ませねばならないと、立ち去る素振りを見せたが、椋郎が食い下がる。

「どなたかご親類に、若夫婦のお味方に立ってくれそうなお方はおりませんか？」

「ご親類は皆、遠くにいらして、文《ふみ》のやりとりはしても、行き来はほとんどありません」

止《とど》めを刺されて、椋郎も諦めるより仕方ない。礼を告げて、むつと別れた。

「参ったなあ、まるで城の石垣じゃねえか。手をかけるとっかかりすら見つからねえ」

めずらしく弱音を吐く椋郎とともに、ひとまずさっきの蕎麦屋へと戻る。

意外なことに、とっかかりはその蕎麦屋、長七にあった。

「そうか……やっぱり親父さまは、許しちゃくれねえか」

ひときわ立派な体軀が、しょんぼりするさまは痛ましくてならない。佐枝吉が帰った後だけに、沈んだ空気をかき回す者もおらず、埃《ほこり》のように下へと落ちてくる。

「三社祭が終わったら、おれは下谷に帰ります。女房の具合だけが、気掛かりでやすが」

「近次さん……」

「もういっぺんだけ、おれの笛を、お宗にきかせたかった」

膝に置いた笛を、近次はそっと撫でた。まるで笛が妻であるかのように、愛《いと》おしそうな眼差しを注ぐ。

「おれたち、下谷の祭りで会ったんでさ。囃子で笛を吹いて、終わると娘がすっとんできた。いままでにきいたどんな笛よりも、心に響いたって褒めてくれて。おれが笛師だと知ると、いっそう目を輝かせて……お宗との出会いは、運命《さだめ》に違いねえと思えやした」

糸のような目から、ほろほろと涙をこぼす。夫婦の情愛を目の当たりにするようで、胸が苦しくなった。慰めようもなかったが、幸い佐枝吉の代わりの引立て役が、階段を上ってきた。

「なんだなんだ、また泣いてんのか。まったく、形《なり》はでかいくせに意気地がねえな。ほれ、こいつを食ってしゃんとしやがれ」

この屋の主人の長七が、盆を抱えて階段から顔を出した。盆の上には、かけ蕎麦の丼が三つ。どうやら午《ひる》になったようで、居候とふたりの客に気前よくふるまう。

湯気のたつ丼は、いかにも美味しそうだが、食欲がわかないのは近次だけではない。

「いわば祭りと笛が、おふたりを結びつけたってのに、肝心の親父さんが、祭り嫌いの笛嫌いとはなあ……」

不甲斐ない自分を吐き出すように、椋郎が大きなため息をつく。

「何か、理由《わけ》があるのでは？　好きに理屈はなくとも、嫌いには理由があると言いますし」

「あったとしても、ご当人が覚えているかどうか。現におれは、物心ついた頃からごまめが苦手だが、理由なぞ覚えちゃいねえしな」

「でも祭りは、大方の者にとっては楽しみでしょ？　わざわざ嫌うのは、何か謂《いわ》れがありそうに思えます」

謂れねえ、と呟いて、椋郎は蕎麦をたぐる。絵乃も箸を手にとったが、ふたりのやりとりを、長七が耳にとめる。

「祭り嫌いってのは、相模弥兵衛のことかい？」

「はい……ご主人は祭りも、それに囃子の笛も、快くは思っていないと伺いました」

絵乃がこたえると、近次は丼に手もかけず悲しげな顔をする。

「とすると、あの噂は、本当だったのかもしれねえな」

「噂……？　噂ってどんな？　後生ですからきかせてくだせえ！」

口の中の蕎麦を喉の奥に流し込んで、椋郎が身を乗り出す。

「いや、もう何十年も前の話だし、真実《まこと》かどうかも定かじゃねえんだが……弥兵衛の母親の噂だ」

長七は弥兵衛と同じくらいの年嵩《としかさ》で、子供の頃、大人たちが囁《ささや》いていた噂を耳にしただけだと断りを入れた。構わないと椋郎がねばり、絵乃もお願いしますと話を乞うた。

「弥兵衛のおっかさんは、三社祭の日にいなくなってな。亭主が気難しくていつも不機嫌で、それに嫌気がさして出ていったとも言われちゃいるがね。そういや弥兵衛は、親父さんによく似ているよ」

「いなくなったってのは、ふいにですかい？」

たずねたのは、近次だった。ああ、と長七が、気の毒そうに眉をひそめる。

「不心得があったから離縁したと、親父さんは後付けで言い訳したそうだが、別の噂の方が町内には広まってな」

「別の噂というと？」と、絵乃が促す。

「男と逃げたって噂だ。相手の男というのが、篠笛を注文した笛の玄人でな」

当時、芸人や浄瑠璃《じょうるり》語りとともに、付祭のために聖天町が招いた笛奏者で、祭りのための篠笛を相模の先代に依頼した。玄人だけに注文がやかましく、何度も相模に足を運び、内儀であった弥兵衛の母親と昵懇《じっこん》の間柄になった——。その笛奏者と駆落ちしたのではないかと、祭りの後、その噂が聖天町に広まった。

「いまとなっちゃ確かめようもねえが、嘘でも真実でも、弥兵衛の耳にも入ったろうな。あいつが六つか七つの頃で、もののわかる歳だしな。さぞかし傷ついたに違いねえ。いま思うと、哀れな話だ」

父親は後添いを迎え、それを機に噂は潮が引くように徐々に途絶えたが、幼いときに穿《うが》たれた傷は、弥兵衛の胸に残っている。三社祭が近づくたびに、近次の笛をきくたびに、塞《ふさ》いだはずの傷から血が流れだす——そんな思いをしているのだろうか。

「そいつは、あんまりだ……。親父さまが可哀相だ……」

我が事のように、近次は涙をこぼす。絵乃と椋郎も、何も言えなかった。

「でも、これで踏ん切りがつきやした。おれはお宗を諦めて、下谷に帰りやす」

「おいおい、早まらねえでくれよ。おめえは大事な囃子方なんだぜ。みすみす出戻りさせたとあっちゃ、町内の皆がどれほどがっかりするか」

祭りの顔役を務める長七が、おろおろする。

「だったらせめて、下谷に行った後も三社祭に出てくれよ」

下谷稲荷祭礼は三月十一日から始まり、三社祭は三月十七、十八日と、時期がごく近い。ただ、下谷稲荷祭は本祭と陰祭りが毎年交互に行われ、隔年に開かれる三社祭は、陰祭りの年に重なる。決して無理な申し出ではないのだが、近次は首を横にふった。

「いいえ、三社祭は、今年で最後とさせてくだせえ。おれの笛の音が、親父さまを傷つけたとしたら、詫びのしようもありやせん。浅草とすっぱり縁を断つのが、せめてもの償いでさ」

弥兵衛と、そして町内への双方の義理を立てて、心を決めたようだ。何卒ご容赦をと、近次が深々と頭を下げる。

「おめえの心意気は買うが……寂しくなるなあ」

心の底から惜しむように、長七が目に涙をにじませる。聖天町の者たちが、どれほど近次の笛を愛していたか、公事宿のふたりにも身にしみてわかる。

「そのぶん今年の囃子は、最後のご奉公と思って、きっちり務めやす」

近次はそう告げて、稽古のために出掛けていった。大きな背中を見送って、椋郎がため息とともに絞り出した。

「結局、何もできず仕舞いかよ……悔しいなあ」

「あたしは、嫌です。諦めたく、ありません」

膝上で両手を握りしめ、駄々をこねるように絵乃は言った。

「このまま離縁したらきっと、娘が親を怨み続けることになる……以前のあたしのように」

狸穴屋の者たちは、一部始終を知っている。椋郎がはっとして、絵乃を見詰めた。

「親である、ご主人の気持ちもわかります。噂が本当なら、祭りも笛も、この世から消し去ってしまいたいほどに疎《うと》ましいはず」

浮かんだのは、絵乃の夫であった男の姿だ。ひとりでは逃げきれず、かえって周囲を巻き込んでしまった。いまの弥兵衛も、まったく同じだ。過去の古傷に囚われて、娘夫婦の幸せを壊せば、誰よりも後悔するのは弥兵衛自身だ。

「どのみちこれ以上、悪い始末には転がりようがない。だったらいっそ、賭けに出てみませんか？　大嫌いな祭りに、ご主人を無理やり引っ張り込む――いわば荒療治です」

「引っ張り込むって、どうやって？」

「それは……これから考えます」

「おいおい、段取りは二の次かよ」

ぼやきながらも、椋郎もにわかにやる気になったようだ。

「まずはご主人を、どうにかして祭りの場に連れてきて、できれば間近で近次さんの笛をきかせたい。そのためには……」

「だったらいっそ、こんな手はどうだい？」

傍《かたわ》らから言い出したのは、長七だった。話の先行きが気になったのか、丼を片付けていた手がいつのまにか止まっている。披露された案に、椋郎はたちまち食いついた。

「いいですね！　そいつで行きましょう。向こうは相当にごねるでしょうが」

「なに、ごねようと暴れようと、町内《うち》の若いもんが力ずくでどうにかするさ」

「初手から力ずくは通りませんから、ここは娘さんに、お力添えを頼んでは？」

三人であれこれと相談を重ね、およそ四半時《しはんとき》で話は決まった。

「よし、こうしちゃいられねえ。さっそく町内のもんに話を通すよ」

長七は張り切って、軽快に階段を下りていく。

「娘さんへの文は、頼めるかい？　さっきのお女中に、繋ぎをとってもらおう」

はい、と絵乃はうなずいて、懐《ふところ》から矢立をとり出した。


三月十七日、浅草三社権現祭礼が始まり、神輿三基を浅草寺《せんそうじ》本堂前に遷座《せんざ》させ、田楽や獅子舞が奉納された。この日は前祝いにあたり、祭りの本番は翌十八日である。

三基の神輿には、三柱の神が宿る。三社権現から担ぎ出された神輿は、浅草大通りを抜けて浅草御門に達し、そこから船に移される。神田川から大川に漕ぎ出し、神輿を乗せた船が、川を遡るさまは壮観である。流れに逆らう形で、大川の岸に沿って進み、三社権現の東の岸からふたたび陸に上がる。

そして氏子の町々からは、山車や付祭が華々しく繰り出される。

氏子町は二十に分けられて、一番から二十番まで出し物が続く。聖天町は十六番で、今年の山車は、鳳凰と坂上田村麻呂。付祭は、牛が引く踊屋台と、その後に地走踊《じばしり》が続く。

付祭は土地や時代によって変わり、担ぎ行灯《あんどん》や造物《つくりもの》、底抜《そこぬけ》屋台などさまざまある。流行《はや》り廃《すた》りもあろうが、何よりの因は、寛政以降、ご改革の矢面《やおもて》に立たされて、たびたび禁令の憂き目にあったからだ。そのたびに手をかかえ品をかえ、しぶとく生き残ってきた。

「それにしても、すごい人出だな。お絵乃さん、大丈夫か？　潰されてはいねえかい？」

「はい、どうにか。でも、この人垣では、目の前を聖天町の出し物が通っても、見えそうにありませんね」

「いま、十三番だから、あと三つだ。必ず連れ出すと、娘さんは請け合ってくれたが、うまくいったかどうか……」

泳ぐように人混みをかき分けて、どうにか蕎麦屋の前まで辿り着く。右も左もわからないほど人が立て込んでいるが、ほどなく椋郎の肩に手がかかった。

「遅かったな、来るのに難儀したか？　こっちへ来な、上席をとってある」

蕎麦屋の主《あるじ》が、にかりと笑う。大海で舟を見つけた心地がした。

「ありがとう存じます、長七さん。それで、相模のご主人と娘さんは？」

「そっちも心配ねえ。娘がちゃあんと引っ張り出したよ」

長七が声を張ると、五列ほど重なっていた人垣が、手妻のように割れて道ができる。前から二列目まで押し出され、長七が顎で前を示す。すぐ目の前に、相模弥兵衛と娘が立っていた。後ろにいるふたりに、気づいたようすはない。顔は見えないが、絵乃の前に立つ娘は、父親に似て細身で、さらに小柄だった。

「おとっつぁん、連れてきてくれてありがとう。どうしても最後に、近さんを間近で見て、笛の音をききたかった」

体調が回復していないのか、声が弱々しい。こんな人混みに出すのは、早過ぎたのかもしれない。絵乃の胸に、すまなさがわいた。

「まだ本調子ではないのだから、聖天町の出し物を見終えたら、すぐに帰るぞ」

ややぶっきらぼうながら、娘を案じる気持ちは伝わってくる。

「おとっつぁん、あたしね、小さい頃から祭りが大好きだった。楽しくて賑やかで、誰もが皆笑っていて。何よりも、祭りの笛に心が躍った。おとっつぁんの作る篠笛が、どこよりも華やかに鳴り響くのは、お祭りだもの」

周囲の喧騒《けんそう》で、ところどころはかき消されてしまったが、絵乃は懸命に、娘の語りに耳を傾けた。

「だからおとっつぁんが、どうしてお祭りが嫌いなのか、不思議でならなかった。近さんの笛の何が気にいらないのか、長いことわからなかった」

娘の顔が、となりに立つ父に向けられた。横顔は少し青白かったが、唇の紅は鮮やかで、父を見詰める瞳は優しかった。

「ごめんね、おとっつぁん……あたしの我儘が、おとっつぁんを苦しめていたなんて知らなかったの」

「お宗……」

弥兵衛が眉間《みけん》を、苦しげにしかめた。痛みと後悔、意固地と気後れが絡み合い、ひどく複雑な影を落とす。娘は慰めるように微笑して、また、顔を前に向けた。

「近さんの笛を初めてきいたとき、まるで音に引きずり込まれるようだった。音に夢中になって、声をかけずにはおれなかった。近さんが笛師だと知って、この人と一緒になるんだって、運命《さだめ》のように思えたの」

奇《く》しくもお宗は、近次と同じ台詞《せりふ》を告げた。思い合うふたりの気持ちが重なるようで、絵乃の胸に切なさがわく。

と、怒濤のように、大きな歓声がわいた。山車の仕立ては、鳳凰と坂上田村麻呂。十六番、聖天町の出し物だった。大歓声がとびかう中、ゆっくりと過ぎていき、山車を追うように、ひときわ華やかな笛の音が響く。

「近さん……近さんの笛だ！」

娘が胸の前で、両手を握りしめる。山車の後ろから、踊屋台が現れた。花笠を被り、そろいの浴衣をまとった若い娘や子供が踊り、屋台の両脇を、三味線や太鼓、小鼓《こつづみ》を鳴らす楽師たちが従う。そして先頭に立つのは、屋台を引く牛の鼻先で笛を吹き鳴らす近次だった。

すぐにでも夫の前に駆け出していきたいだろうに、宗はまるで祈るように手を合わせて、夫の晴れ姿を見詰める。

逆に父親は、なおも我《が》を通すように、笛の奏者から目を逸らせる。

その肩に背後から腕をまわし、有無を言わせず捕まえたのは長七だった。

「弥兵衛よお、おまえさんもとことん意固地《いこじ》な男だな。いい加減、近次と娘を認めてやんな。

この祭りに免じてよ」

「赤の他人に、口を挟まれる謂れはない。そもそもおれは、祭りが苦手で……」

「おれたちはもう、べそをかいてた子供じゃねえんだ。すでに親になったんだぜ」

長七の言葉は、思いがけず深く刺さったのか、弥兵衛の表情が大きく歪む。

「ま、とことん意固地な野郎には、とことんつき合ってもらうしかねえ。皆の衆、やってくれ！」

「え？　おい、何を……！」

長七の一声で、周囲にいた若い者たちが、四人がかりで弥兵衛を担ぎ上げ、踊屋台に乗せた。

長七とその息子も屋台によじ上り、すかさず弥兵衛の頭に花笠を載せ、浴衣を羽織らせる。

「やめろ！　いったい何の真似だ！」

「言ったろ、とことんつき合ってもらうって。近次を苛《いじ》めた罰だ、覚悟しな」

屋台の上でじたばたするが、長七親子に両の腕をがっちりととられて身動きできない。

「桟敷なみの上席じゃねえか。あそこからながめる祭りは、さぞかし華やかだろうな」

長七親子に挟まれた弥兵衛を、椋郎がうらやましそうに仰ぐ。

絵乃はそっと、宗の背中に手を当てた。涙に濡れた顔が、絵乃をふり向く。

「ご亭主のもとに、行ってください。もう、我慢することはないんです」

「あなたは、もしや……」

「私どもは、黒子に過ぎません。夫婦の縁を繋ぐのは、ご当人さまですから」

もう一度、背中を押すと、よろめくように往来に出る。最初はゆっくりと、それから駆け出して、まっすぐに夫のもとに向かう。

「おまえさん！　おまえさん！」

「お宗！　お宗か！　会いたかった、ずっと会いたかった！」

ほんの数日なのに、まるで長の別れの果てに再会したかのようだ。太い両腕に、小柄ながだがすっぽりと収まり、夫婦がひしと抱き合う。

娘夫婦のさまを、弥兵衛がじっと見詰める。その顔が、うっすらと笑った。

「こら、近次、止めるんじゃねえ！　てめえの笛は、祭りの華だと言ったろうが！」

長七にどやされて、近次がふたたび笛を構えた。

伸びやかな音は、これまで以上に楽しげに、空に吸い込まれていった。

三見の三義人

「お加減いかがですか？　粥《かゆ》をおもちしました」

杉の間の襖《ふすま》を開けて、絵乃《えの》は声をかけた。

布団の脇に膝をつき、土鍋の載った盆を置く。病人は、弱々し気な微笑を浮かべた。

「おおきに……おかげさんで、少し楽になりましたわ」

言葉とは裏腹に、顔色はあまりよくない。気づかぬふりで、できるだけ明るく言った。

「梅干しだけでは精がつきませんから、今日はシラスを添えてみました。釜揚げですから、粥にも合うかと」

「いやあ、シラスとは有難おますなあ。わてらの村でも、夏には仰山《ぎょうさん》取れるんですわ」

一瞬、瞳が輝き、故郷を思い出したのか表情もほころんだが、すぐにかき消えた。

「今年のシラス漁の頃には、村に戻るつもりでおましたが、間に合いそうもあらへんな」

宿の客への気遣いのつもりが、かえってよけいな里心を起こさせて、辛い思いをさせてしまったかもしれない。

枕辺で給仕をし、病人が茶碗一杯の粥を食べ終えると、絵乃は階下に降りた。

暖簾《のれん》の下がった勝手の奥から、花爺《はなじい》が顔を出した。

「どうだったい、喜んで食べてくれたかい」

「そうですね、いつもよりは粥も進みましたけど……要らぬ節介だったかもしれません」

「わざわざシラスを買いに行って、お代もお絵乃さんが出したんだろ？　気持ちくれえは伝わるさ」

花爺が目を細める。名は花七《はなしち》というのだが、この『狸穴屋《まみあなや》』では花爺で通っている。旅籠《はたご》の下男だが、賄方《まかないかた》を引き受ける台所の主でもある。客には朝晩の食事が出されるが、お世辞にも膳の景色は華やかとは言い難い。

決して花爺の腕が悪いわけではなく、この旅籠が公事宿《くじやど》であるからだ。

公事、つまり訴訟には、年月が長くかかる場合も多い。そのような客が滞在するための宿であり、素人には何かと小難しい公事を手伝ったり、訴状を整えたりもする。御上《おかみ》公認の株をもつ者だけが、公事宿を名乗れるのだが、宿賃は御上から定められている。

並の宿賃よりも安いその額で、朝晩の食事を賄わねばならず、朝は飯と汁に漬物、晩はそれに煮物か酢の物がつく程度だ。大方の客は、佃煮や煮豆なぞを買いに行ったり、外で済ませてきたりもするが、杉の間の客は滅多にしない。

「わてらの路銀や公事の掛かりは、村の皆が汗水垂らして稼いだ銭やさけえ。一文たりとも無駄にはできん」

一度、生真面目な顔で言われたことがある。決して大げさな話ではなく、いわば村の存亡が、今回の公事にかかっているのだ。

「こんな遠くまでいらして、公事だけでも大変なのに、さらに病に罹《かか》るなんて……どんなに心細いことか」

「この宿では、あの手の客も珍しかねえさ。いちいち気を揉んでたら、あんたの方が参っちまうよ」

花爺の助言はもっともだ。公事宿の手代《てだい》を名乗る以上は、深情けは禁物であり、図太さやある種の冷徹さも必要となる。

ただ、杉の間の客に肩入れするのには、わけがある。

客は三人、播州加古郡三見村《ばんしゆうかこぐんみつみむら》から来た、庄屋と惣百姓、そして漁師総代である。

庄屋と漁師総代は、ともに五十代前半。惣百姓の伊予吉《いよきち》だけは、四十ちょうどと少し若い。本百姓を、西国では惣百姓と称するそうだが、長旅と長の逗留を鑑《かんが》みて、庄屋の補佐役としてつけられた。

「わてが手足となって働かないかんのに、病で動けんとはもう情けのうて……」

伊予吉が床について半月ほど、医者の診立てでは胃の腑が弱っているらしく、食欲もあまりない。涙を滲《にじ》ませて悔しがる姿があまりに不憫《ふびん》で、少しでも食が進めばとシラスを添えた。

「あたしはまだ、難しい公事の手伝いはできないし、何もお役に立てないのがやりきれなくて……」

絵乃は見習い時期を含めても、狸穴屋に来てまだ半年余り。

ちょうど手代見習いを始めた頃にやってきたのが杉の間の客であり、絵乃が知るかぎり、もっとも長く狸穴屋に滞在している。

去年の十月、狸穴屋に草鞋《わらじ》を脱いで、翌十一月に勘定奉行に訴を願い出た。

以来、ひたすらお裁きを待っているのだが、年が明けて四月になっても、御上からは音沙汰なしの有様だ。出願からかれこれ五ヶ月も経っており、毎日顔を合わせるだけに、その焦燥はとても他人事とは思えない。

「公事はな、焦っちゃいけねえよ。長丁場はむしろあたりまえと思わねえと」

「長丁場にしても、程があると思うわ。まさか二百年も争っているなんて」

三見村の公事は、実に二百年もの長きにわたる、村同士の諍《いさか》いだった。

「徳川さまの御世になって、両村で争った最初の公事が、寛永の頃だというからねえ。たしかに二百年前の話だよ」

絵乃が詳しい経緯《いきさつ》をきいたのは、実はごく最近のことだ。

語り手は、狸穴屋の女将《おかみ》の桐《きり》である。

「その前の質入れ騒動から勘定すると、ざっと二百五十年前になりますよ。なにせ時代が天正ですから」

帳場にいた番頭の舞蔵《まいぞう》が、口を挟む。狸穴屋の先代の頃からの古株で、公事においては女将の桐よりも年期が長い。勘定をはじめ、宿の要所を握っているのはこの番頭である。

「天正というと、江戸に幕府が開かれるより前の話になりますね。質入れとは、いったい何を？」

「海さ」

「……海？　海って、波が寄せるあの海ですか？」

桐に向かって、絵乃が目をしばたたく。何かの比喩かとも思えたが、正真正銘、海が質入れされたという。

「『狐ノ瀬《こせ》』と呼ばれる、明石の浦でね。魚がよく獲れる、いい漁場だそうだ」

三見村の三人が携えてきた、簡素な絵図を見せながら桐が説く。瀬戸内海に面した播州、播《は》磨《ま》国の村々と、真ん中には淡路島も描かれている。狐ノ瀬は、淡路島の西北に広がる漁場で、昔から方々の村から漁師が集まる好漁場であったという。

「入会《いりあい》と言ってね、皆で同じ漁場で勝手に漁をするんだ」

海だけでなく山にもあって、入会地ではやはり、周囲のさまざまな村から杣人《そまびと》が入り木を切り出すという。

「一方で入会は、何かと悶着《もんちゃく》の種でね。勝手を許せば、より身勝手な者が出るのも道理だろ？逆に勝手を通されぬよう、ここはおれたちの海だ土地だと言い張る者も出てくる。村同士の公事には、存外多くてね」

困ったものだと言いたげに、舞蔵は顔をしかめる。

「天正期に狐ノ瀬を質入れしたのは、上林村《かんばやしむら》でね。大坂の商人に預けて、五十貫を得た。後に質受けして戻されたがね、どうしてそんな大金が入用だったかわかるかい？」

「いいえ……」

「狐ノ瀬の入会で揉めて、訴えられたんだ。つまりは公事のための金でね」

何やら、自分の尾を自分でかじる、トカゲを連想させる。江戸期より前の話だけに、判例としては採用されないが、この最初の公事は尾を引いている。話が複雑になってきて、絵乃は一度、頭の中で整理した。

「いまの話からすると、狐ノ瀬をめぐる諍いは、天正よりもっと前、何百年も昔から続いていたということですか？」

「そのとおり。公にお裁きが下されたのが、天正が最初というだけで、もしかしたら千年前から揉めていたかもしれない。入会ってのは、そういう場所なんだよ」

桐はからりと告げたが、何やらどっと疲れが出た。人の欲と言ってしまえばそれまでだが、生活がかかっているだけに切実だ。

「ただ、大事なのはそこじゃない。上林村が、天正の最初の公事で勝ったということなんだ」

「つまり狐ノ瀬は、上林村のものだと、認められたということですね？」

「そうなるね。けれど狐ノ瀬に近い村々は、未だに承服できない」

桐が投げた謎掛けの解が、絵乃の頭にひらめいた。

「今回、三見村が公事を起こした相手って……その上林村ですか？」

ああ、と桐が深くうなずき、舞蔵は帳場で深いため息をつく。

「この際だから言っておきますが、今度の公事に限っては、勝ち目なぞありませんよ。前のお裁きを覆《くつがえ》すのは、百のうち一、あるかないかですからね」

「でも番頭さん、二百五十年も前のお裁きなのでしょ？　だったら覆ることだって……」

「天正の話だけじゃありません。徳川の御世になって二度、三見村と上林村は公事で争いましたが、いずれも三見村が負けています」

天正の公事は、姫路領の沿岸漁民が上林村を訴えた。これには三見村は関わっていないが、ただ両村ともに明石に近く、狐ノ瀬はどちらにとっても目の前に広がる好漁場である。入会の利権をめぐり、日頃から非常に仲が悪く、漁具を壊したり喧嘩沙汰になったりと些細《ささい》な揉め事が絶えず、互いに堪《こら》えきれなくなると公事に至る。

寛永には上林村が京都町奉行所に、宝暦には三見村が大坂町奉行所に、それぞれ公訴したが、どちらも上林村が勝訴した。

「どうしてわざわざ西国から、江戸のお勘定奉行に訴えたのか、不思議に思っていましたが……」

「京でも大坂でも、大願は成就《じょうじゅ》しなかった。最後に頼ったのが、将軍さまのお膝元というわけさ」

悶着から、情をとり払うのが公事である。わかってはいても、最後の望みをかけて、はるばる江戸までやってきたのかと思うと、我が事のように胸が苦しくなる。

「今度こそ、勝たせてあげたいですね。あたしも何か、お手伝いさせてください！」

「気持ちは有難いが、お絵乃にはまだ無理だろうね。入会公事は、ただでさえ込み入っていてややこしい。ましてや昔のお裁きも絡むとなれば、なおさらでね」

「そうですよ、判官びいきなど、公事にはもってのほかですからね」

桐には苦笑され、舞蔵にも釘をさされた。

「どのみち願い出を済ませたからには、あたしら公事宿にも、できることはほとんどない。せいぜい三見村の件はいかがですかと、折々にたずねるくらいが関の山でね」

ご機嫌伺いに等しく、さしたる助けにはなるまいと桐は顔をしかめる。

相手が町奉行所であれば、公事を通して縁が深いだけに、桐にももう少しやりようがあるのだが、今回は村人たっての意向で勘定奉行所に出願した。

「勘定奉行の石出《いしで》さまは、石部金吉と噂されるほど四角四面なお方でね。裁きに手心を加えない代わりに、融通《ゆずう》も利かない。あたしとしても、お手上げでね」

桐ですら打つ手がないと知らされて、心の中で大きなため息をつく。

もどかしくてならないが、いまの絵乃には、粥にシラスを添えるくらいしかできない。

「ほらほら、お絵乃さん、手を動かして。沙汰待ちの一件を憂うより、すべきことはたくさんありますよ」

舞蔵に発破をかけられたが、筆をもった絵乃の手は、なかなか動こうとしなかった。


「お帰りなさいまし。いま足湯をおもちしますね」

夕刻になると、同じ杉の間の客である、庄屋と漁師総代が宿に戻ってきた。

本来は桐の娘、奈津《なつ》の仕事だが、いまは花爺とともに台所で夕餉《ゆうげ》の仕度をしている。代わりに、絵乃が出迎えた。

「いや、わいは井戸端で、汗を拭わせてもらうわ。今日は暑うて敵《かな》わんかったさけえ」

漁師総代の幡多五郎《はたごろう》は、嫌味のない磊落《らいらく》な調子で足湯を辞退する。赤銅色に日焼けした大柄な男で、五十を過ぎているとは思えないほど、筋肉には張りがある。

「私も足湯は結構ですわ。近場やさけ、さして汚れてまへんしな」

庄屋の三瀬《みつせ》今左衛門《いまざえもん》は、幡多五郎よりふたつ上だときいている。温厚そうな丸顔で、いつも笑ってでもいるように、一重の細い目は緩やかに垂れていた。

「おふたりとも、今日の江戸見物はいかがでしたか？」

帳場からたずねたのは、桐である。やんわりとながら、言葉には含みがある。

「へえ、おかげさんで。小網町《こあみちょう》から眺める景色にも、慣れてきましたわ。見物人も西国者が多いさけ、気兼ねもいりまへんしな」

庄屋の気の利いた返しに、桐が思わず笑顔になる。

「総代さまはいかがです？　おからだは、きつくありませんか？」

「漁にくらべとう、楽なもんや。こっちゃの邪魔を働くもんも、おらんしな」

公事の相手方への皮肉だろうが、幡多五郎はからりと口にする。

すでに半年近くも逗留しているのだ。いまさら江戸見物でもなかろうし、天正期に上林村が狐ノ瀬を質入れしたことでもわかるとおり、公事に何より必要となるのは金である。

もちろん三見村の者たちも、まとまった金を携えてきたのだが、思っていた以上に長く待たされて、さらには伊予吉の薬代も必要となった。

庄屋の今左衛門から相談を受け、桐はふたりに仕事を世話した。

小網町の船積問屋で、今左衛門は荷改めと帳面付けを、幡多五郎は荷運びをしている。

積荷の上げ下ろしなどで手数料を得るのが船積問屋で、小網町には多かった。上方者の多い店に預けたのは、桐の心遣いであろう。

公事のために出てきた者が、江戸で出稼ぎするのは、決して褒められた行いではない。それでも沙汰までの日数が延びて金が尽きれば、稼ぐより他に仕方がない。大っぴらにせぬなら、大目に見るというところか。働いていると、互いに口にしないのはそのためだ。

「わしらんことより、伊予吉のようすはどないかの？」

「今日は少し、食が進んだようにお見受けしました」と、絵乃がこたえる。

「さよか、そら何よりや。面倒かけて、すまんのう」

幡多五郎は安堵の表情を浮かべて、礼を述べた。

「病に臥して、いっち悔しい思いをしとるのは伊予吉や。早う良うなってもらわんと」

「せやなあ。ええ知らせを手に、三人で村に帰らんとな」

うんうんと、今左衛門もうなずく。三見村の誰もが、今度こそ勝訴できると信じている。公事もまた勝負事であり、誰も負けるなぞとは思っていない。三人が希望を口にするたびに、絵乃の中には切ない思いがわく。

いや、公事人が諦めていないのだから、手代の自分が望みを捨ててはいけない。

翌日、別件でともに出掛けた折に、絵乃は椋郎《むくろう》にきいてみた。

「うーん、正直、難しいだろうな。勝てる材が、皆無に等しいからな」

椋郎は腕《うで》扱きの手代であり、絵乃の指南役でもある。その椋郎をもってしても、三見村の一件は、勝ち目が薄いと言わざるを得ないという。

「京でも大坂でも、狐ノ瀬は上林村のものだと沙汰が下りている。これを覆すとなると、たとえ殿さまでも難しい」

「もともとの因縁は狐ノ瀬でも、今度の訴えは他にもあります。蛸漁を邪魔されたり、漁具を壊されたりと、明らかに向こうの非では？」

「その辺は、いわばお互いさまでな。現に寛永のときは、似たようなことで上林村が三見村を訴えている」

両村の恨み辛みは、何百年分も凝り固まって、膠《にかわ》のように張りついているのだろう。

「ただな、おれもひとつだけ解《げ》せねえことがあって、ちょいと調べてみたんだ。公事のたびに、常に上林村が勝っている。何か理由《わけ》があるのかと思えてな」

絵乃もそこには、引っ掛かりを覚えていた。両村の位置や村の規模などに、さほど大きな違いはない。強いて言えば、漁師の数は上林村の方が多く、三見村はその半分ほどしかいない。

「それともうひとつ、上林村は明石領ですが、三見村は忍領《おし》でしたね」

「まさにそれだ。そいつが公事の勝敗を分けたんだ」

え？　と絵乃はびっくりして、椋郎をふり向いた。

「でも、明石は六万石、忍は十万石です。むしろ十万石の方が強いのでは？　忍の殿さまは松平さまですし、葵のご紋をいただく由緒正しいお家柄です」

「ああ、これが武州ならな。忍は川越に次ぐ大大名で、将軍さまとも縁続きだ。だが明石となると、まったく景色が違う。三見村は、忍の飛び地なんだ」

絵乃にもようやく、その状況が飲み込めた。上林村を含み、周囲は明石領であり、その中にぽつんと三見村が存在する。同じ浜から同じ海に漕ぎ出しても、三見村の者たちは他国者とみなされる。

「この前、女将さんとも話したが、いわば多勢に無勢ってことだな」

「だったら、忍のお代官に頼むのが筋では？　たとえ飛び地でも、代官所はあるはずです」

「もちろん、さんざっぱら頼んださ。埒《らち》が明かねえから、京・大坂、遂には江戸まで下る羽目になったんだ」

播州にも忍の代官所が存在し、武蔵から代官が遣わされる。ただ、忍の飛び地は多く、伊勢と播磨だけでざっと八十村を越える。そのすべてに目配りが行き届くわけもなく、さらには代官はしばしば交代し、土地の実情には疎《うと》い。

それでも諦めず、代官が交代するごとに窮状を訴え、年貢の免除を願い出たが容れられず、飢扶持《うえぶち》の支給すら拒まれた。それが数百年続いてきた、三見村の実情だった。

「三見村の皆さんは、孤立無援で戦ってこられたのですね……」

孤立無援とは、何と寂しい言葉だろう。身なりも言葉も変わらない同じ土地の者でありながら、権力が線引きした囲いの中に囚われているに等しい。

何度も公事を試みたのなら、上に立つ者は相応の学もあろう。学とはつまり、自分たちの現状を、外から眺める目をもつということだ。三人の目に映った村の窮状はいかばかりか――どうにかしなければと、いわば決死の思いで江戸《ここ》まで来たに違いない。

「あたし、神田明神にお参りしてきます。三見村の大願が成就しますようにと、お願いします」

「そうだな、明神さまの霊験《れいげん》はあらたかだからな」

気のいい手代は即座に承知したが、すでに神頼みより他に打つ手がなかった。

それから半月ほど経って、ようやく勘定奉行から沙汰が下りたが、神田明神の霊験ですら裁きを覆すことはできなかった。

「すでに京・大坂にて裁きが下っており、当方では裁許できぬ。願書《ねがいがき》を差し戻す故、直ちに帰村せよ」

無情の達しが下されたのは、四月下旬のことだった。


「伊予吉さんの具合、どうですか？　お医者さまは何て？」

階段を下りてきた奈津に、絵乃は真っ先にたずねた。

「大丈夫、まだ本復《ほんぷく》とはいかないけれど、薬が効いたのか、前よりはかなり良くなっているそうよ。いまおっかさんが、先生から話をきいているわ」

奈津は女将の娘で、客の応対や掃除など、宿を手伝っている。

「良かった……このところ顔色もだいぶ良くなって、少しは安堵できますね」

「少しどころか大いによ。だってお達しが下った頃は、三人そろっていまにも死にそうな顔をしていたもの」

「お奈津さんたら、椋さんなぞ、橋から身投げなぞしやしないかと、本気で案じていたようよ」

「あら、縁起でもない！」

それは絵乃も同じだ。差し戻しから三日ばかりは、三人ともに抜け殻のようにぼんやりして、ほとんど部屋に籠もりきりだった。

四日目の朝になって、庄屋と漁師総代は、桐と今後のことを相談した。

「このたびはお力になれず、まことに申し訳ありません。公事宿としての役目を全うできず、不面目は肝に銘じております。何卒ご容赦くださいまし」

差し戻しの沙汰が下った折も、桐はやはり三人の前で不本意を詫びたが、さらに念入りに頭を下げた。

「いや、女将はん、やめておくんなはれ。こちらさんに非《ひ》いがあらへんことは、私らも承知しとります」

今左衛門はそう言ってくれたが、眠れなかったのか、あるいは泣いていたのか目が赤い。

「伊予吉があんとおりやし、もうしばらくご厄介になりとうて。構いまへんか？」

もちろんだと桐は承知して、その日からふたたび、庄屋と漁師総代は小網町に働きに出るようになった。とはいえ大柄な幡多五郎ですら、ひとまわり萎《しぼ》んだように見えて、桐や椋郎も一《ひと》方《かた》ならず案じていた。

それでも、さらに半月が過ぎると、三人ともに落ち着いてきた。

暦は五月に替わり、同時に梅雨に入った。医者を呼んだ翌日、今左衛門が桐に告げた。

「こちらさんには、えろうお世話になりました。伊予吉の加減もようなりましたし、明後日《あさって》、江戸を発って、故郷《くに》に帰ろ思います」

「まあ、そんな急に……伊予吉さんには、旅はまだ無理ではありませんか？」

「その伊予吉の、たっての頼みやさけ。三見に帰れば病も癒えるいうて、ききまへんのや」

「さようですか……お気持ちはお察ししますが」

桐は気遣う素振りを見せながらも、納得したようにうなずく。

「ですが、旅には不向きな頃合ですし。せめて梅雨が明けてから、旅立ってはいかがです？」

女将の傍《かたわ》らから、椋郎が引き止めたが、庄屋はゆるりと首を横にふった。

「伊予吉ばかりやあらへん、私や幡多五郎も里心がつきましてな。いっぺん三見の浜が目蓋《まぶた》に浮かぶと、もう帰りとうてたまらしまへんのや」

「そうですか。それほどまでに仰《おつしや》るなら、これ以上はお引き止めできませんね。せめて旅のご無事を、お祈り申し上げます」

桐が承知して、椋郎も案じ顔をしながらも、素直にうなずいた。

翌日、三人は旅仕度にかかり、午後になると、庄屋と総代は桐とともに働いていた船積問屋に挨拶に出向いた。絵乃は杉の間で、伊予吉の旅仕度を手伝っていた。

「ええと、手拭い、頭巾、脚絆《きやはん》、足袋、甲懸《こうかけ》、下帯。合羽と菅笠《すげがさ》は整えたし、あとは扇に矢立、巾着に、風呂敷、薬、提灯、ろうそくと……」

旅用の小ぶりな柳行李《やなぎごうり》を前に、真剣に吟味する。

「梅雨だから、替えの着物ももう一枚……あら？　たしか襦袢《じゅばん》が、もう一枚あったはず」

「ああ、こっちゃにある。ほつれとったさけ、繕おう思うてな」

部屋にいた伊予吉が、針を手にして襦袢を縫っていた。

「繕い物なら私《わたくし》が……どこがほつれたんですか？」

「衿の辺りがほつれてな。こう見えて針は得手やから、庄屋はんらの分も頼まれとってな」

そうですか、と任せることにしたものの、何かが引っかかった。ただ、その正体がつかめない。気掛かりを残したまま、行李の荷造りを終えた。

伊予吉はこれまでのことを含めて念入りに礼を告げ、もうひとつだけ頼みたいと言った。

「狸穴屋はんは、離縁の公事を得意としとるときいたんやが」

「はい、たしかに。うちでもっとも多いのは、離縁のご相談です。公事にせず、内済《ないさい》にする方がむしろ多いのですが」

「せやったら、三行半《みくだりはん》の書き方なぞも心得とりますやろ？　何をどないに書いたらええか、教えてもらえまへんやろか？」

「三行半て、まさか……お客さまが？」

うつむいた伊予吉の顔に、深い屈託が浮かんだ。

「狐ノ瀬で漁ができんと、年貢やら運上やら、漁師には払いきれん。そのぶんわてら百姓が肩代わりせんと。庄屋さんも漁師も百姓も、いわば一蓮托生なんや」

いまさらながら、その深刻さに思い至り、相槌すら打てなかった。

「わてら三人とも、女房は明石の土地から嫁にきとってな。もしも公事があんじょういかんときは、実家《さと》に帰そ言うてたんや。それより他に、嬶《かか》孝行ができひんよって」

三人の歳を考えれば、相応に長く連れ添った女房のはずだ。妻の側からすれば、身勝手極まりないともとれるが、それだけの覚悟をもって公事に挑んだということか。送り出してくれた村人たちへの贖罪《しょくざい》を、離縁という形で見せるつもりか。

真意はともかくとして、伊予吉は真剣だ。断ることなぞ、できなかった。

「私が修練のために使った、三行半の手本があります。そちらをおもちします」

重い足取りで部屋を出た。階段を下りる途中で、足が止まる。

いまの離縁の話と、さっきの繕い物――。まったく関わりないはずなのに、どうしてだかふたつが重なる。まるで表と裏のように――。ただ、肝心の芯は見えてこない。

伊予吉らの真意が知れたのは、旅立ちの当日だった。

三人の姿は、狸穴屋から消えていた。

「荷物がないってことは、もう旅立ったってわけかい？」

旅は日の出前、七つ立ちを旨とする。しかしその刻限には杉の間の客は消えていて、畳んだ布団だけが残されていた。

「まあ、宿代は昨日のうちに、きっちり払ってもらったから文句はないがね」

「これだけ長逗留しておいて、黙って消えるなんて。せめて挨拶くらいしても、罰《ばち》は当たらないと思いますがね」

女将を相手に、舞蔵は嫌味をこぼす。じっと考え込んでいた椋郎が、口を開いた。

「お三方は、本当に村に帰るつもりなのかな……」

「どういうことだい、椋？」と、桐がふり向く。

「こんなふうに黙っていなくなるなんて……そんな無作法者にはとても思えなくて。何か、別の目当てや行先があるんじゃねえかって」

「別って、心当たりでもあるのかい？」

「いや、特には。ただ、村に帰ると告げられてから、どうも腑に落ちねえ感じがして」

「あたしもです！　些細なことが引っかかって……何か見落としているような気がしてならなくて」

気の細やかな椋郎もまた、違和感を覚えていたようだ。絵乃も思わず、続けて声を張る。

「些細なことって何だい？　お絵乃、話してごらん」

桐に言われて、昨日の伊予吉とのやりとりを明かした。

「なるほど、離縁する覚悟で、公事に臨んだというわけか。まあ、村の命運がかかっているかな、わからないでもないが」

椋郎は三行半を認《したた》める心情を斟酌《しんしゃく》したが、桐がこだわったのは別のところだ。

「お絵乃、繕っていたのは、襦袢の衿で間違いないかい？　しかも、庄屋さんたちの分も頼まれていると、そう言ったんだね？」

たしかだと絵乃が請け合うと、桐は眉間《みけん》にしわを寄せた。

「襦袢の衿ってのは、気にくわないね……」

「どういうことですか、女将さん？」

「襦袢の衿に縫い込めるものといえば、ひとつ思い当たる……わかるだろ、椋？」

桐の言葉に、あっ！　と椋郎が叫んだ。

「まさか……小粒ですかい？」

桐は黙ってうなずいて、椋郎が愕然とする。

「あの、小粒って、お金のことですか？　衿にお金を縫い込めるって、いったいどういう？」

「牢屋に入る仕度だよ……牢でも金が入用になるからな。二分金なぞを、襦袢の衿に縫い込むんだ」

「牢屋……？　どうして、あの方たちが牢に？」

気づけなかった己が、口惜しくてならないのだろう。桐が握った拳《こぶし》を震わせる。

「まだ、諦めちゃいなかったんだ。おそらくは、どこぞに直訴《じきそ》するつもりでいる」

ひゅっと、喉が鳴った。直訴はいわば掟破りの行為であり、直訴そのものが罪となる。入牢《じゅろう》はまず免れず、五十日か百日か。牢内は無法地帯に等しく、不衛生極まりない。牢内で力尽きる者も多く、ことに病のある伊予吉なぞ、無事で出られるとはとても思えない。

「そこまで追い詰められていたなんて……あの人たちの覚悟を、甘く見ていたよ」

たぶん、自分を落ち着かせるためだろう。桐が大きく息を吐く。

「直訴って、いったいどこに？　お勘定奉行が駄目だったから……南北町奉行か、あるいは忍のお殿さまとか」

「殿さま相手なら駕籠訴《かごそ》になるな。そうなると、ますます危ういぞ」

「忍の上屋敷って、どこですか？　あたし、これから行ってみます」

「おれも行く！　女将さんは、町奉行所の方を頼みやす」

「ちょいとお待ち、そう急《せ》くもんじゃないよ。番頭さん、忍のお殿さまの参勤を、調べてもらえるかい？」

桐に言われて、舞蔵が大名武鑑《ぶかん》を改める。旗本武鑑などもあり、毎年、改訂を重ね、官位や石高はもちろん、屋敷の場所から幕府への献上品に至るまで、細かく記されている。

江戸は武士の町だけに、市井《しせい》においても、武家に関わる生業《なりわい》は必須の書物だ。

「参勤の具合からすると、忍のお殿さまは、いまはまだお国許ですね」

番頭に告げられて、一同が大きく息をつく。殿さまが国許では、直訴のしようがない。

しかし舞蔵は、何かに気づいたように武鑑から顔を上げた。

「もしかしたら、直訴の相手は忍の殿さまではなく、御老中かも……」

え、と解けた緊張が、ふたたび一気に高まる。

「どういうことだい？　何か思い当たる節《ふし》でもあるのかい？」

「四、五日前でしたか、庄屋さんから問われまして。いまの御老中は、どんな顔ぶれかと」

世間話のような風情で、舞蔵も気を抜いていた。五人の老中について、さっくりとながら今左衛門に語った。

「ただ、老中首座の松平右近将監《まつだいらうこんしょうげん》さまについては、妙に詳しく質《ただ》されたことを思い出しまして……歳や生国《しょうごく》からお人柄まで」

松平右近将監は、陸奥国《むつ》棚倉《たなくら》藩の藩主である。すでに十年近く老中首座に就いており、歳は六十に達している。温厚で思慮深い人物と、城中や市井の評判も悪くない。

「上屋敷はどこかとたずねられ……少し妙にも思えましたが、木挽町《こびきちょう》だとこたえて」

あまりのことに、誰もが言葉を失って、ひとたび座が静まりかえった。

「参ったね。まさか、老中首座とは……大胆にも程がある」

「でも、勘定奉行より偉い人となると、御老中さまくらいしか……」

「さらに首座となれば、これまでのお裁きをすべて、覆せるかもしれねえってわけか」

三人の目論見が、狸穴屋の者たちにもようやく見えた。

「馬鹿だねえ……世の中そんなに甘くないってのに」

桐は手代のふたりに、やるせない視線を向けた。

「おれは木挽町まで、ひとっ走りしてきやす」

「椋、あたしも追いかけるよ。お絵乃、駕籠を呼んどくれ」

「女将さん、あたしも連れていってください。お願いします！」

桐が承知して、絵乃は近所の駕籠屋へと走って、駕籠を二挺頼んできた。

「女将さん、後生ですから無茶だけはしないでくださいよ」

心配そうな舞蔵を残して、二挺の駕籠は走り出した。椋郎はとっくに狸穴屋を出ていて、木挽町の方角へ走っているはずだ。

棚倉藩上屋敷は木挽町五丁目。西本願寺や築地《つきじ》に近い。駕籠が南へと向きを変えたとき、昇ったばかりの朝日が左手から差し込んだ。眩しさに思わず目を閉じ、絵乃は祈った。

——どうか三見村の皆さんが、ご無事でありますように。

駕籠に揺られながら、ただそれだけを念じた。

桐は駕籠舁《かき》に酒手をはずんで、精一杯急がせた。その甲斐はあったようで、到着した棚倉藩上屋敷の前は静かなままで、騒ぎなぞは起きていないようだ。

ひと足先に着いた椋郎が、ふたりを認めて駆けてくる。

「この辺りを探してみましたが、お三方の姿はありやせん。あっしらの見当違いですかね」

「違っていても構わないさ。その方が有難いからね」

「やっぱり、町奉行所に向かわれたのでは？」

それもあり得るねえ、と桐はうなずいて、自ら確かめてくると言い出した。

「今月は南の月番で、数寄屋橋御門ならここから近い。あたしが行ってみるから、念のため椋とお絵乃は、ここに残っていておくれ」

ふたりはうなずいて、南町奉行所へと向かう桐の背中を見送った。

「この辺りは武家屋敷ばかりで往来が少ない。下手にうろつくと、こっちが疑われちまう。少し遠いが、五丁目の町屋で見張ろうぜ」

七丁目まである木挽町は、すべて三十間堀に面している。四丁目と五丁目のあいだに木挽橋が架かっていて、棚倉藩上屋敷の表門は、橋から延びるこの通りに面している。

登城には必ずこの道を通るはずだと、椋郎は算段したが、焦りが先立って、待つ身としてはことさらに長く感じられる。

やがて朝五つの鐘が鳴り、手習所に通う子供たちが、ふたりの前を駆けていく。

武士の登城は、その一時後、朝四つまでとされており、遅くとも五つ半までには、殿さまの駕籠が正門を出るはずだ。

「今日が非番ということも、あり得ますよね？」

「それならそれで、こっちも有難えが……いや、屋敷から人が出てきたぞ」

諸大名は毎日の登城にも、小ぶりながら行列を仕立てる。思った以上に供《とも》の数が多く、三、四十人ほどはいようか。見掛けは物々しさすら感じるが、予想外の早足で、頭を下げた絵乃の先を通り過ぎる。

「不慮が生じたとき、幕府のお偉いさんが城へと急いだら、何かが起きたと世間にばれちまうだろ？　だから常日頃から、御老中は駕籠を急いて登城なさるんだよ」

不思議に思ってついたずねると、椋郎は明快なこたえをくれた。少し離れてしばし追ったが、行列が木挽橋にかかると、椋郎は足を止めた。

「だが、ひとまず何事もなく済んでやれやれだ。どうやら取り越し苦労だったようだな」

「いえ……取り越し苦労じゃなかった。椋郎さん、あれを！」

絵乃が示したのは、木挽橋の向こう側だ。橋の西詰に、三人の男の姿が見える。

間違いない、三見村の三人だ。絵乃は思わず叫んでいた。

「待って！　お願い、早まらないで！」

三十間堀が、これほど遠く感じられたことはない。止めようにも、木挽橋は行列が塞いでいる。

老中の乗った駕籠が橋を渡り終え、その駕籠脇に身を投げ出すようにして三人が跪《ひざまず》く。

「まことに恐れながら、御老中、松平右近将監さまに訴えたき儀がございます！　どうか、どうか！　寸分で構いませぬ故、我らの嘆に耳をお貸し下さりませ」

周囲の喧騒で、切れ切れにしか届かないが、庄屋の今左衛門の声に間違いない。次いで漁師総代の幡多五郎が身許を告げる。

「我ら播磨国加古郡三見村の、庄屋・三瀬今左衛門と、惣百姓・伊予吉、そして漁師総代の幡多五郎と申します」

「三見村は貧窮《ひんきゅう》甚だしく、私どもは村の命運を担って、将軍さまのお膝元まで参りました。何卒、こちらの願書にお目通しをいただきたく！」

病で痩せた伊予吉の腕が、駕籠に向かって嘆願書を差し出す。

しかしすぐさま供の者たちに取り押さえられ、伊予吉の手から落ちた嘆願書は、枯れた木の葉のように虚しく宙を舞う。

いったいどれほどの覚悟で駕籠訴に踏み切り、どれほどの思いがあの書きつけに籠められているのか――。ずっと三人を見てきた絵乃には、胸が痛くなるほどに察せられる。

それなのに、何もできない。にわかに集まりつつある野次馬と同様に、遠くから眺めることしかできない。絶望に似た思いに、打ちひしがれた。

椋郎もやはり、悔しくてならないのだろう。両の拳を握りしめ、睨むように川向うの成り行きを見守っていたが、ふいに顔つきを変えた。

「おい、お絵乃さん……ちっとようすが変わったぞ」

供の者たちが、急に動きを止めたのだ。おそらく駕籠の中から、何らかの命が下されたのか。供の者たちが、三人を後ろ手に押さえつけて並ばせる。一拍置いて、駕籠の戸が開いた。野次馬から、大きなどよめきがあがる。

出てきたのは、小柄な老人だった。棚倉藩主たる老中首座、松平右近将監に相違ない。

三人に向かって何か語りかけたが、野次馬の声に邪魔されて届かない。

それでも遠目ながら、ただ叱りつけているわけではなさそうだ。老中を仰ぐ三人が必死で訴えており、その嘆願に耳を傾けている。そして供の者の手を経て、嘆願書が老中の許に届いた。

その場で開くことはしなかったが、懐《ふところ》に仕舞ってうなずいた。確かに預かったとの証《あか》しであろう。周囲から歓声があがり、勇気ある直訴に対してか、あるいは老中の鷹揚《おうよう》な態度に対してか拍手がわく。

老中は駕籠に戻り、ふたたび行列が動き出す。三見村の三人は、従者に囲まれて堀沿いの道を行く。行先はおそらく南町奉行所だ。

川の反対側から三人を追いかけながら、絵乃は声を張った。

「庄屋さん！　総代さん！　伊予吉さん！」

三人がふり返り、絵乃と椋郎を認めた。ふたりに向かって辞儀をする。

これまで、ついぞ見たことがない。それほどに、満足そうな笑顔だった。

「あたしも南のお奉行所の内で見掛けたときには、腰を抜かしそうになったよ」

三人を追うようにして、ふたりは南町奉行所への道を辿《たど》り、門の内で桐を見つけた。

「女将さん、何とかお三方を助けてくださいまし。少しでも罪が軽くなるように、お役人に頼んでくださいまし」

公事宿にとって、町奉行所は馴染みの場所だ。ことに年期の長い桐は顔が利き、つき合いの深い役人もいる。それでも今度ばかりは、確約できないと桐は告げた。

「なにせ相手は御老中だからね。それこそ松平さまの胸三寸だろうね」

町奉行所の小役人ごときが、口を出せる立場にないと桐はため息をついた。

「せめて少しでも牢暮らしがましになるよう、差し入れなぞの心配りをするくらいしか思いつかないね」

桐の言いように、絵乃と椋郎ががっくりと肩を落とす。口を利く元気すらなく、とぼとぼと狸穴屋への道を辿った。日頃は桐も椋郎も、甚だ諦めが悪い。身内のいざこざや市井の悶着なら、何が何でも手を講じようとする。

しかしこと御上が相手となると、あらゆる手が封じられる。直訴すら罪となり、一揆となれば大罪だ。権力の怖さは、そこにある。法とは権をもつ者が定め、下々には理不尽も多々ある。公事が法に則《のっと》って行われるかぎり、民の実情とは乖離《かいり》が起こる。

その現実と、そして公事の限界を、まざまざと見せつけられたように絵乃には思えた。

三人が狸穴屋に戻ったときには、もうすぐ午《ひる》になろうとしていた。騒々しく迎えたのは、奈津だった。

「おっかさん、大変よ！　たったいま、三見村の庄屋さんから文《ふみ》が届いたの！」

「何だって？　三瀬さまからの文に、間違いないのかい？」

奈津が差し出した文には、たしかに三瀬今左衛門の名が書かれている。

文を開く手ももどかしく、桐は急いで文面を改める。やがて桐の口から、長いため息がもれた。

「あたしらに累《るい》がおよばないよう、黙って出ていきなさったんだね。今後は一切、手出し無用に願いたし、と書いてある」

文を椋郎と絵乃に渡して、桐は框《かまち》に腰を下ろした。

挨拶もなしに立ち去る無作法をまず詫びて、半年もの長きにわたり世話になったと謝辞が続く。この文は、昨日のうちに飛脚屋に預けていたようで、事がすべて終わった頃に狸穴屋に届くよう手配されていた。

直訴におよぶとは、一言も書かれていない。しかしこのまま帰郷しても、村の者たちに合わせる顔がない。この上は並々ならぬ覚悟をもって、成し遂げねばならぬことがあると記されていた。

この文と同時に、国許にも便りを送り、村への詫状と、三人それぞれ妻への離縁状を認めたとも綴られている。

そして最後に、桐が言ったとおりのことが書かれていた。

命を差し出すに等しい覚悟と、故郷の村を救いたいとの熱意が、行間からもあふれてくる。

途中からは文字が涙にぼやけ、絵乃は袖口で涙を拭った。

「女将さん、あたしたちにできることは、本当に何もないんですか？　このままじゃ、あんまりで……」

「おれからも頼みます。たとえ及ばぬ鯉の滝登りでも、足掻《あが》いてみてえんでさ」

懸命に請う絵乃と椋郎を、女将はじろりと見遣る。

「うちは三見村の公事を引き受けたんだ。それだけでも、御上の不興を買いかねない。この上茶々を入れるというなら、それこそ相応の覚悟が要る。肝に銘じているんだろうね？」

「おれひとりの覚悟で済む話ではねえと、承知していやす。でも……このまま知らぬ存ぜぬを通すのは、寝覚めが悪くてならねえ」

「あたしたちが手をこまねいているうちに、もしも重い罰が下ったらと思うと……いても立ってもいられません！」

同じ入牢でも、五十日と百日では、生きるか死ぬかの分け目にもなりかねない。あるいは御上より不届きと断じられれば、遠島すらあり得る。

「覚悟はできていると、言うんだね？」

桐が底光りのする目で見詰め、ふたりは同時にうなずいた。

「だったら、やろうじゃないか。あたしも端《はな》から、そのつもりさ」

ころりと桐が調子を変えた。いわばふたりを、試していたようだ。

「公事では負けちまったからね、あたしも悔しくてさ。意趣返しができりゃ儲けものだろ」

「また女将さんの、悪い癖が……」

帳場にいた舞蔵は、思いきり顔をしかめたが、それまでの落ち込みようが嘘だったように、その場が活気づく。

「女将さん、まずはどうしやす？　南町に行って、お役人にねじ込みやすかい？」

「その前に、念入りに仕度を整えないと。ふたりも手伝っておくれ」

「仕度って、女将さん、いったい何を？」

「こっちも願書を作るんだよ。駕籠訴に至ったのには、のっぴきならない事情《わけ》があると、御上に訴えるんだ……あくまで表向きは、詫状としてね」

嘆願書となれば、火に油となりかねないが、関わった公事人が駕籠訴を行った不届きを詫びるとの建前だ。今左衛門から老中にわたった訴状にも、事の経緯は書かれていようが、あくまで当事者の側からの訴えだ。公事宿として、より公平な見方で説けば、御上の心証も変わるかもしれない。

「さ、夕方までに終わらせて、南町に届けないと。町奉行さまなら、御老中にも顔が利くからね」

桐が文面を考え、椋郎が公事の内容と間違いないか検《あらた》める。それを絵乃が清書した。

町奉行所の門は、暮六つに閉まる。桐が届けに行き、門が閉まる前にどうにか間に合った。

とはいえ別の意味で、狸穴屋の者たちの骨折りは徒労だった。

三人は小伝馬町《こでんまちょう》に入牢することなく、翌日、解き放ちとなった。

松平右近将監は、直訴に追い込まれた三人を哀れみ、大坂町奉行所で再審するよう計らった上で、帰村させた。

郷里に帰った三人から便りが届いたのは、ふた月ほど後、初秋の頃だった。

「よかった……無事に故郷に着いて。伊予吉さんも、ご無事なんですね？」

桐から知らされて、絵乃が胸をなでおろす。

「どうやら三行半も、反故《ほご》にされちまったようだね。女房からさんざっぱら叱られたと、書かれていたよ」

「詫状といい三行半といい、おれたち無駄足ばかり踏んじまいやしたね」

と言いながら、椋郎も嬉しそうだ。

「これで今度こそお裁きが覆れば、言うことなしなんだがなあ」

「あたしも願っちゃいるがね、正直なところ、それっぱかりは難しいだろうね」

桐の予想どおり、後に大坂町奉行所は、三見村の訴えを退けた。

松平右近将監は、双方に差し障りがないよう、再度入念に取り計らうよう、大坂に下知《げち》まで出したが、それでも裁きは覆らなかった。

しかしそれは五年後、まだ先のことであり、直訴に出た三人が、三見の三義人として後世まで讃えられるのも、やはり後の話である。

「おっかさん、そろそろ一服しましょうよ。花爺が、西瓜《すいか》を買ってきてくれたの」

「出入りの八百屋の余り物でしてね、歯ざわりはいまひとつでやすが、今年の西瓜の食い納めのつもりでね」

花爺が切り分けた西瓜を、奈津が各々に配る。ひと口かじると、シャクリと良い音はせず、もっさりとした歯ごたえだが、甘味だけは強く、口いっぱいに広がった。

「いつのまにか、夏が終わっちまったなあ」

名残惜しそうに、絵乃のとなりで椋郎が呟いた。

身代わり

「いや、このたびは、お世話になりました。おかげさまで、無事に妹の離縁が叶いました」

離縁が無事で済むはずはあるまい。商人の恵比須顔をながめながら心の内で思ったが、むろん顔には出さない。

『狸穴屋《まみあなや》』は、離縁を得手とする公事宿《くじやど》だけに、この手の客は多い。客が満足しているなら、何よりのはずなのだが、離縁がどれほど当人の負担になるか身をもって知っているだけに、どこか手放しでは喜べない。

「妹さまのごようすは、いかがですか？　先日、お目にかかった折は、おやつれのようにお見受けしましたが」

「叔母は未だに、鬱々としたままで。やはり離縁には、納得がいかないのかもしれません」

絵乃《えの》の問いには息子がこたえたが、父親がたちまち声を荒げる。

「よけいな口をたたくんじゃないよ！　それじゃあまるで、私が無理に妹夫婦を別れさせたようで、きこえが悪いじゃないか」

「すみません、お父さん、決してそんなつもりは……」

「まったくおまえときたら、いつまで経っても気が利かない。いっそ、おまえと離縁したって構わないんだよ」

「不束《ふつつか》はお詫びしますから、どうか堪忍してください」

尊大な父親に向かって、息子はひたすら平謝りする。

商家の親子が帰っていくと、絵乃は思わずため息をついた。

「親子というより、まるで主人と雇人ですね。人前であんなにきつく当たられては、息子さんの立場がないでしょうに」

「あの息子は、養子だからね。養父の気分しだいで、いつ放り出されるかわからない。気の遣いようは、並大抵じゃなかろうね」

女将《おかみ》の桐《きり》が、苦笑を浮かべる。公事宿の主人を務めているだけあって、どんな修羅場を目の当たりにしても、平然としている。対して新米手代《てだい》の絵乃は、いましがたのようなきつい調子や罵《のの》りに出くわすだけで冷や冷やする。

「息子と離縁しても構わないって、そういうことでしたか」

「夫婦別れの次に多いのが、養子との離縁だからね。そういやお絵乃は、まだ手掛けたことがなかったかい？」

はい、と桐にこたえた。見習いの三月を経て、今年の正月から手代として本雇いとなったものの、まだ七月余りしか経ていない。暦は八月、季節は中秋になっていた。

「だったら、次にそういう公事が入ったときは、お絵乃に任せてみようかね」

桐は半ば冗談で言ったのだろうが、その機会は思いのほか早く訪れた。

「こんにちは、女将さん。すっかりご無沙汰しちまって」

「おや、めずらしい、お志賀《しが》じゃないか。もっとたびたび、顔を出しておくれな」

「たびたび寄らせてもらってますよ。いつも女将さんは、お留守ですがね」

きりりとした印象や、歯切れのよい口調は、女将の桐によく似ている。

志賀は去年まで、狸穴屋で手代を務めていた。いわばその代わりに入ったのが絵乃だが、公事の腕は到底およばない。志賀はもともと公事師の娘で、狸穴屋に来る前から、公事のいろはを心得ていた。

「でも、女将さんがいらして、ちょうどよかった。今日はこちらに、公事のお頼みに上がったんですよ」

「まさか櫓木《やぐらぎ》家との、離縁話じゃなかろうね？」

「よしてくださいな、女将さんじゃあるまいし。うちは波風ひとつ立ってやしません」

志賀は、評定所書役《ひょうじょうしょかきやく》を務める櫓木啓五《けいご》郎《ろう》に嫁いだ。啓五郎の妹の離縁話がこじれ、公事を頼みにきたのがきっかけで、これをまとめたのが志賀である。相手方にきっぱりとした態度で臨み、そのさまに啓五郎は惚れ込んだ。

「問着《もんちゃく》が起きているのは、啓五郎さまの上役のお家でしてね。浅生《あそう》さまは、ご存じですか？」

「評定所留役《とめやく》の、浅生南堂《なんどう》さまだろ？　儒者としても高名な方だからね、もちろん存じているさ。南堂さまが、訴えを起こすおつもりなのかい？」

「いえ、その逆です」

「……逆？　え、まさか……」

「その、まさかです。南堂さまを訴えたいとの、申し出を受けました」

めずらしく動揺したようすの桐に、志賀は低く告げた。

「留役を訴えるなんて……いったい、どこの誰がそんな真似を？」

「南堂さまのご養子の、浅生集堂《しゅうどう》さまです」

桐は目を見張り、大きく息を吸い込んだ。


「留役を、養子が訴えるだと？　そりゃあたしかに大事だ」

桐が志賀とともに出ていき、入れ替わりに、舞蔵《まいぞう》と椋郎《むくろう》が戻ってきた。

番頭の舞蔵は、主に店の勘定を担っており、手代の椋郎は、新参の絵乃の指南役を務めている。絵乃から話をきいて、椋郎もまた大げさなまでに驚いている。

「でも、養子の問着はよくあることだと、女将さんが」

「懸念はそこじゃねえ。評定所のお偉いさんが訴えられるなんて、前代未聞だぞ」

絵乃にはいまひとつ、話の要点がつかめなかったが、噛んで含めるように椋郎が続ける。

「公事のお裁きを決するのは、他ならぬ評定所なんだぞ。評定所内でも、高い役目にあるのが留役だ。その留役が、よりにもよって家内の悶着で公事に至ったとしたら、どうなる？」

「面目が、丸潰れになります！」

辛抱強い椋郎の説きように、絵乃にもようやく合点がいった。

「お志賀もまた、厄介な話をもち込んでくれたねえ。まさか女将さんは、引き受けるつもりじゃなかろうね？」

すっきりした絵乃とは逆に、舞蔵は苦々しく顔をしかめる。

「女将さんなら、やりかねねえと思いますがね」

「勘弁しておくれよ！　ご評定に喧嘩を売るに等しいじゃないか。下手すりゃ公事宿株を、とられかねない」

八つ当たり気味に舞蔵に怒鳴られて、椋郎が首をすくめる。

「で、女将さんは？　公事人に会いに行ったのかい？」

「はい、お志賀さんと一緒に、訴える側のご養子さまに、話を伺いに行きました」

「その場に私がいれば、力ずくで止めたものを……」舞蔵が頭を抱える。

「まあまあ、番頭さん。女将さんだって、そこまで考えなしじゃなかろうし」

「考えなしというより、無鉄砲だね、あれは。人が尻込みするような場に、あえて乗り込んでいく。つき合わされるこっちは、たまったもんじゃない」

舞蔵の怒りは収まらず、ぷりぷりしながら算盤《そろばん》の珠を払った。気を静めるための癖のようなもので、口の中で数字を呟きながら、ものすごい勢いで算盤を弾いている。

しばし放っておこうと、椋郎は目で語り、絵乃のとなりの机についた。

「評定所について、もう少し伺ってもよろしいですか？」

舞蔵の邪魔にならぬよう小声でたずね、構わねえよと椋郎は気軽に応じた。

「留役は、評定所のお偉方と伺いましたが……でも、評定所でお裁きを下すのは、ご老中と三奉行ですよね？」

「たしかに、お裁きはな。だが、その下調べは、評定所の役人がすべて引き受ける。留役はその要《かなめ》で、公事の仔細や経緯《いきさつ》を詳《つまび》らかにしてまとめ上げ、奉行に代わって裁きを左右することも少なくない」

「町奉行所で言えば、吟味役《ぎんみやく》のようなお役目でしょうか？」

「いい喩《たと》えだが、それに例繰方《れいくりかた》も加わるな。過去の裁きを鑑《かんが》みて、裁を決めるんだ」

白洲で刑を達するのは町奉行だが、罪人や周辺に聞き取りをして、事実を明らかにするのは吟味役である。また量刑を決めるには、例繰方が把握する過去の判例が不可欠だ。

評定所という、この国でもっとも権威のある裁判と評議の場で、その両方の役目を併せ持つのが留役であり、その下には評定所番や評定所同心、同書役などがいるという。

「それともうひとつ、留役には大事な務めがある。評定の場で、目安を読み上げるんだ」

「目安って、目安箱の目安ですか？」

「いや、違う。要は訴状のことだ。ひと昔前までは、そのためだけの役目が別にあってな。儒者が担っていた。いまは留役が兼ねている」

「そういえば……訴えられるお方は、儒者として名のある方だと伺いました」

「ああ、浅生南堂の名は、おれでも知っている。留役の中でも、ひときわ学問に秀でた方で、気性もいたって真面目。謹厳を絵に描いたようなお人だと」

「そのようなお方がご養子の悶着とは、公になれば身の置き所がありませんね」

気の毒そうに絵乃が告げる。

「養子が、よほど性悪なのか。あるいは、何か別の理由《わけ》があるのか……」

しばし考え込んで、ぱっと椋郎が顔を上げる。

「気になるから、ちょいと探ってくるか」

「椋郎さん、当てがあるんですか？」

「評定所といや、あのお方しかいねえだろ。お志賀さんの旦那だよ」

ああ、と思わず手を打った。評定所書役の、櫓木啓五郎だ。

「ちょうど役目が引ける頃合だし、ひとっ走り行ってくるよ」

「あたしも！　あたしもご一緒させてください」

椋郎が承知して、そろって狸穴屋を出た。

それまできこえぬふりをしていた舞蔵が顔を上げ、後姿を見送りながら大きなため息をついた。

「まったく、そろいもそろって……どうして厄介事に、自ら首をつっ込もうとするかね」

「若い奴の、性分でやしょうね」

見計らったように台所から出てきた花爺《はなじい》が、番頭の傍《かたわ》らに茶を置いた。


「いや、性悪なんてとんでもない。ご養子の集堂さまは、とても評判の良い御仁だよ」

櫓木家を訪ねると、当主の啓五郎は出仕から戻っていて、気さくにふたりを招き入れた。

「真面目で気働きもよく、朱子学においても学びが深い。だからこそ師匠のお墨付きで、浅生家への養子入りが決まったそうだ」

もやしの頭に、胡麻粒で目鼻をつけたような。武士というのに、まるで武張ったところがない。そのぶん話しやすく、絵乃はつい啓五郎にたずねた。

「師匠とは、どなたですか？」

「三友堂《さんゆうどう》の、九重瑞喜《ここのえずいき》先生だ。南堂さまも三友堂の塾生でね。瑞喜先生とは三十年来のつき合いで、昵懇《じっこん》の間柄だそうだ」

三友とは論語にある、『益者三友、損者三友』から出た言葉で、つき合って益のある三種の友がおり、逆に害のある三種の友もいるという意味だ、と話のついでにつけ加える。

啓五郎もまた学問好きだから、この手の蘊蓄《うんちく》がさらりと出てくる。ことに文と書に秀で、評定所書役の役目の傍ら、非番の日は自宅で書を教えていた。

「集堂さまも同じ三友堂で学んでいて、南堂さまとももとより親しかった。養子にするなら、ぜひ集堂さまにすべきだと、瑞喜先生も推したそうでね。家が同じ勘定役だから、相性もよかろうと」

「勘定役？　お留役ではないのですか？」

「ああ、お絵乃さんには、まだ言ってなかったか。評定所留役は、勘定のお役人の中から出役《しゆつやく》するのが定めでね」

絵乃の疑問には、椋郎がこたえた。勘定とは、勘定奉行の配下であり、二百三十名ほどが在籍する。留役はその中から選ばれて派遣されるもので、昨今は寺社奉行や町奉行の配下が出役する場合もあるが、やはり中心は勘定役人であるという。

養子の集堂もまた、生家が代々勘定の役目を継いでおり、その三男であるという。つまり勘定の家同士の、養子縁組となる。名も養父の号から一字をもらい、儒者としての号たる集堂に改めた。

「養子に入られたのは、一年ほど前になるか。ほどなく見習いとして、評定所に通うようになられてな。しばらくは、波風などまったく立たなかった」

新参の見習い故、慣れぬことは多かったろうが、集堂は留役の仕事を誠実に学び、また人付き合いにおいても、評定所の者たちと馴染もうと努めた。評定書番をはじめとする下役たちにも配慮があり、書役の啓五郎からすれば、若い上役になるのだが、悪い印象はひとつもないと語る。

「むしろ変わられたのは、南堂さまの方でな」

「変わられたと言いますと？」

「南堂さまは謹厳なお方故、甘やかすような真似はせず、教えは時に厳しいのだが筋は通っている。ご養子へも同じように接し、集堂さまもよくわかっていた。たまに叱られても、あれは自らの誤りだと、素直に受け入れた」

十月ほどはうまく行っていたのだが、ふた月ほど前から、目に見えて南堂の態度が変わってきたという。

「噂に敏《さと》い同輩の話では、ふた月前の粗相から、始まったそうだ。粗相といっても、書き留めの間違いに過ぎず、たいした過ちではなかったと。それをことさら大げさに叱りつけて、その場にいた者たちもたいそう驚いていた」

大声で怒鳴るような真似すら、南堂は滅多にしない。たまたま虫の居所が悪かったか、息子へのあえての厳しさと解釈されたが、それを皮切りに、集堂への叱責が目立つようになった。

書類の不備とか、事実関係の下調べが不十分だとか、小さな不手際をいちいちあげつらい、厳しく責め立てる。当日の朝に、急に目安読みを命じられ、それが不出来であったとなじられたり、あるいは南堂から達しを受ける際、顔が笑っていたなどと、まったく覚えのない難癖までつけられる。

もはや苛《さいな》みにしか映らない理不尽極まりない仕儀であり、いったい南堂さまはどうしてしまったのかと、所内でも囁かれるようになった。

評定所の内のみならず、浅生家に帰っても同様であったに相違なく、集堂は見る間にやつれていった。それでも集堂は愚痴ひとつこぼさず、懸命に義理の父についていこうとしていた。

「半月前だったか、所内の縁で、ぼんやりと立ち尽くしている姿をお見掛けしてな。精も根も尽きたように、虚ろな横顔だった」

つい声をかけたが、下役の手前、弱みを見せまいとしたのだろう。

『父上のお叱りこそが親の情だと、それがしは思うておる』

無理に笑顔を作り、集堂は啓五郎に言った。

「お可哀想に……」と、自ずと口から同情がこぼれた。

沽券《こけん》を重んじる武士が、人前で面罵《めんば》される。どんなに情けない思いをしたか、絵乃にも容易に想像がつく。

「我慢に我慢を重ねた挙句、離縁を突きつけられては、ご養子としては立つ瀬がない。訴えに思い至ったのも、無理のない話かもしれませんね」

椋郎の申しように、啓五郎は深くうなずいて、気の毒そうに語った。

「おれと志賀のもとに、公事の相談に参った折は、まるで人が変わったように荒《すさ》んでいた。憎しみに憑《つ》かれ、我を失うているのであろう。たとえ世間から笑われようと、この怨みだけは晴らさじと、息巻いておられた」

のんびりとした風情の書役の口を通してすら、肌が粟立ってくるようだった。

その当人と直に対峙した女将は、事がひっ迫していることを、よりいっそう感じたようだ。

狸穴屋に戻ってきた桐は、その決心を皆に達した。

「浅生家の公事を、受けることにしたよ。さもないと、刃傷沙汰《にんじょう》になりそうに思えてね」

「刃傷沙汰って、義理のお父さんを刺すおつもりだと？」

「少なくとも、刺し違える覚悟でいるってことだよ」

青ざめた絵乃に、桐は不安を打ち明ける。傍らから、椋郎が申し出た。

「儒学の師である、三友堂の師匠という方に、仲立ちを頼んでみてはいかがです？　いわば養子縁組の、仲人を務めた方だと伺いやした」

「それはあたしも考えたよ。そっちは椋とお絵乃で、行ってくれるかい？　あたしはひとまず、公事の手続きを進めるからさ」

桐に頼まれて、翌日ふたりは三友堂を訪ねたが、残念ながら無駄足に終わった。

「南堂とは長のつき合いだが、今度ばかりはあやつの考えが全く読めぬわ。わしも言葉を尽くして諌《いさ》めたが、離縁するとの一点張りで、まるで聞く耳をもたぬ。集堂の離縁は、師匠のわしの顔を潰すに等しい。南堂は、三友堂から破門することにした」

公事を起こすなら集堂の側に立つと、師の九重瑞喜は唾をとばして憤った。

「やれやれ、かえって藪蛇《やぶへび》になっちまったな。こりゃ腹を括《くく》って、公事にかかるしかなさそうだ」

玄関を出て、質素な門に向かいながら、椋郎がため息をつく。

すでに跡目は息子に譲っていたが、九重瑞喜もまた少禄の役人であり、建物は粗末ながら、武家屋敷だけに敷地は相応に広い。三友堂は、その内にある離れ屋を講堂としていた。

「狸穴屋が、ご評定から咎《とが》めを受けることに、なりはしませんか？」

「あの女将さんのことだ。そうはなるまいと見越して、腰を上げることにしたんだろうさ」

南堂の養子への仕打ちは、すでに評定所内では周知の事実だ。櫓木啓五郎と志賀の夫婦だけでなく、昨日のうちに評定所の別の伝手《つて》からも、桐はその事実を確かめていた。

「公事となれば十中八九、内済《ないさい》を求められるだろうが、おそらく勘定奉行の耳には入ろう。南堂さまは留役はもちろん、勘定からも外されて小普請《こぶしん》入りの憂き目に遭うかもしれない」

「ご養子さまは、それを目当てに公事を起こそうと？」

だろうな、と椋郎は両手を頭の後ろで組み、秋の空を仰いだ。絵乃も倣《なら》ったが、空気が澄んでさわやかな空が、どこか陰って映る。

「あの、お待ちくださいませ！　公事宿の方々でございますよね？」

若い女が小走りに追いかけてきて、門を出ようとしていたふたりを引き止めた。

身なりは武家の息女で、二十歳前後だろうか。優しい顔立ちだが、表情には焦りがある。

「不躾《ぶしつけ》ながら、公事のことで伺いたきことが……」

「あなたさまは？」と、椋郎がたずねる。

「私は、希青《きお》と申します。九重瑞喜の姪で、三友堂を手伝っております」


「公事については、無暗《むやみ》にお話しするわけにはいかなくて」

希青の顔が曇ったが、椋郎はわざと断りを入れたことを、絵乃は心得ていた。

門を入った左手に枝折戸《しおりど》があり、裏庭と勝手に通じている。娘はそこから出てきたようで、ふたりを裏庭に招き入れた。

「ですが、公事のご当人さまとの関わりが深いお方なら、差し支えありません。希青さまは、集堂さまとお親しいのですか？」

椋郎の後を受けて、絵乃がたずねる。町家なら他人の噂を喜んで吹聴する者も多いが、武家ではそうはいかない。まず口の堅い公事宿だとの信用を得て、それから相手の口を開かせるための理由を与える。

嫁入り前の娘らしく、希青はしばし逡巡《しゅんじゅん》したものの、はい、と小さな声で返事をした。

「伯父の一存ですが、私は嬉しゅうございました」

ぽっと頬を染めるさまで、集堂への思いの深さが垣間見える。まだ公にはしていないが、養子入りから一年後に結納を交わし、嫁ぐ手筈が内々に調っていた。

しかし集堂が浅生家から出されたことで、結婚の話も立ち消えとなった。伯父の瑞喜から達せられ、胸が潰れる思いをしたに違いない。希青がその経緯を悲しそうに語る。

「集堂さまとは、お会いになられたのですか？」

「浅生家を出されてから一度、三友堂に参られて伯父と話をしていきましたが……」

ふたりで話をしたかったが、まるでとりつく島がなく、たった一言、『縁談は、なかったことに』と告げられたという。

「それはさぞかし、お心に応えたことでしょう」

絵乃は本心からの同情を寄せたが、破談以上に希青を驚かせたのは、集堂の変わりようだった。

「お顔立ちが違って見えるほどおやつれになり、目許には険が浮いていて……まるで怨みに凝り固まった幽鬼のようなありさまで……」

希青の目から、涙がこぼれる。いまの集堂は、乱心とも言える状態で、何をしでかすかわからない。最後の一歩を踏み出させないために、桐は公事を受けたのだろうが、希青は逆のことを訴えた。

「お願いです、公事を取り下げてはもらえませんか？　いかような謂《いわ》れがあろうと、養子が親を訴えたとなれば、二度と養子の口はありません。集堂さまの先々が、塞《ふさ》がってしまいます！」

希青の思惑に気づいて、絵乃がはっとした。希青はまだ、集堂との結婚を諦めてはいないのだ。いま大事にしなければ、そのうち他の養子先が見つかるかもしれない。しかし養父を訴えたとなれば、その道も断たれる。養子の口がなければ、集堂は部屋住みの三男のままで、生活もままならず嫁取りも遠のく。

公事の取り下げは、集堂のためというよりも、希青自身の打算も入っている。だが、だからこそ愛おしいと、絵乃には思えた。たとえどんなに大事な人であっても、すべてが相手のためというのは傲岸《ごうがん》であり、嘘くさくもある。

集堂の先々を案じ、その未来に自分も共にと願う希青のたくましさが、好もしく映った。

「お気持ちはお察ししますが……いまは公事こそが、集堂さまの支えです。私共の宿の主人は、そのように申しておりました」

椋郎に説かれて、希青は悲しそうに肩を落とした。

背景の秋空が、やはりどこか憂いを含んでいるように見えた。

半月ほどが経ち、浅生家の公事の訴状が、ほぼ出来上がった頃だった。志賀が狸穴屋に顔を出した。

「女将さんは、お留守かい？　浅生家のことで、耳寄りな話をもってきたってのに」

桐と椋郎は出掛けていて、帳場には番頭と絵乃だけだった。

「浅生家の話なら、すでにお腹いっぱいだよ。これ以上の厄介事は、ごめんだがね」

舞蔵は不機嫌をあらわにしたが、絵乃はたちまち食いついた。

「耳寄りな話って、何ですか？」

「どうして集堂さまを離縁なさったか。そもそも意地悪をしてまで、家から出そうとしたのか。その理由《わけ》に、察しがついたんだよ」

「本当ですか？　いったい、どのような理由が？」

「これからそれを、確かめに行くところでね。どうせなら、女将さんもお誘いしようかと」

あいにく桐は、夕方まで戻らないと、舞蔵がすげなく告げる。

「あたしでは、いけませんか？　あの公事には、あたしも携わっていて……」

「そういえば、訴状の清書はお絵乃に任せたと、女将さんからきいたよ」

「はい、もう少しで仕上がります」

「せっかくの状が無駄になるかもしれないが、構わないかい？」

「無駄に……？　いえ、それでも構いません！」

急いで仕度を整えて、志賀とともに店を出た。

「ところでお志賀さん、これからどちらに？」

「浅生南堂さまのお宅だよ。場所が小石川だから、駕籠を使おうか」

江戸城の北に、水戸家の広大な上屋敷があり、その西側に勘定組屋敷があるという。勘定役は百五十俵高ながら、御目見《おめみえ》以上の旗本だった。評定所留役として出役しても屋敷は変わらず、浅生南堂は小石川の勘定組屋敷に住んでいた。

駕籠に揺られて小石川に着き、神田上水を渡って門前町を抜けたところで、志賀の乗る前駕籠が止まり、後駕籠もそれに倣った。

すぐ傍に、牛の形をした石があることから、牛天神と呼ばれる社があり、今日は何かの縁日らしく、境内はにぎわっていた。

「啓五郎さまが、若い留役から面白い話をきいたそうでね」

浅生家へと向かいながら、志賀が語る。留役の中ではいちばん若いが、南堂と同様、勘定から留役に出役している。書を嗜《たしな》むことから啓五郎と親しく、櫓木家にも顔を出す。その折に、耳寄りな話をしていったという。

「集堂さまが家を出られてから、浅生家から子供の声がするようになったと」

若い留役も、同じ勘定組屋敷におり、場所も斜向《はすむ》かいになるという。妻は不思議に思ったが、実際、七、八歳くらいの子供を連れた、南堂の妻の姿も何度か見かけたという。首を傾げながら夫に打ち明け、夫はそのまま櫓木家で語った。

「その子供を、集堂さまの後釜に据えるつもりじゃないかって、あたしは踏んだんだ」

「新たな養子を、立てるということですか？　集堂さまがお気に召さず、もっと小さいうちから仕込むおつもりでしょうか？」

「案外、逆かもしれないよ」

「逆、とは?」

「養子話でいちばん揉めるのは、養子をとった後で実子が生まれることさ」

ますます腑に落ちないと、絵乃が怪訝《けげん》な顔を向ける。

「南堂さまは五十半ばと伺いましたから、七つ八つというと孫の歳ですね」

「子供がいないのに、孫ができるはずはないじゃないか」

「では、ご親戚の子供でしょうか?」

「その辺りを、直に伺いたいと思ってね。どうせなら、訴状が届くより前にね」

浅生家を訪ねてみようと思い立った経緯を、志賀はそのように語った。

「ええと、大きな赤松が道端にあって、そこから北に三軒目ときいたから……まったく屋敷町ってのは、目印がなくてわかりづらいね」

文句を言いつつも、赤松を通り過ぎ、三軒目で志賀は足を止めた。

粗末な板塀に囲まれた外観からすると、先日訪ねた九重瑞喜の屋敷と同じくらいか。開け放された表門も質素な構えで、短い敷石が玄関まで続いている。閉じた玄関戸を志賀が開けようとしたとき、ふいに戸が中から開いた。

わっ! と大きな声を上げたのは志賀ではなく、とび出してきた子供だった。志賀とぶつかって、はずみで後ろに倒れる。絵乃が慌てて駆け寄った。

「大丈夫ですか、坊ちゃま？　お怪我はございませんか？」

子供はびっくりしたように、三和土《たたき》に尻を落としたままだったが、絵乃が近づくと急いで立ち上がる。

「おれは平気です。そちらこそ、大事ありませんか？」

幼いとはいえ、さすがに武家の子だ。行儀がよく、素直な気性でもあるのだろう。ぶつかった志賀を、逆に気遣う。

「はい、大事ありません。お心遣い、痛み入ります」

大真面目で、志賀がこたえる。

「坊ちゃまは、こちらのお宅の息子さまですか？」

「いいえ、家は八王子です。浅生の家は遠縁にあたり、南堂おじ上から学問を教わるために、しばしお世話になっています」

くっきりとした目鼻立ちは子供ながらに凛々《りり》しく、はきはきとした応えようからは賢さが伝わる。なるほど、儒者である南堂が気に入るはずだと、絵乃は胸の内で得心した。

「お名を伺っても、よろしいですか？」

「弥栄志郎《やえしろう》と申します」

志賀に向かって名乗ったが、玄関の奥からその名が呼ばれた。

「弥栄志郎！　何事ですか？」

「あ、おば上、おれがお客さまに、ぶつかってしまって」

「ころんだのですか？　見せてごらんなさい。小さな傷でも大事になりかねませんから」

初老の女は、南堂の妻女であろう。客のふたりには見向きもせず、ひたすら子供の無事を確かめる。預かっている子供とはいえ、その案じようは少々度が過ぎていた。

「まあ、手をすりむいているではありませんか。井戸で洗っていらっしゃい」

「このくらい、平気です。それよりおば上、早く行かないと、縁日が終わってしまいます」

子供に手を引かれ、妻の顔が幸せそうにほころぶ。年の差からすると孫に近いが愛おしそうに子供を見詰める眼差しは、実の親にも勝るとも劣らない。

「少しお待ちなさい。お客さまにご用の向きを伺わねば。子供にかまけて、ご無礼いたしました」

志賀に向かって、ていねいに頭を下げる。町人姿の絵乃のことは、おつきの女中と見ているようだ。書役の櫓木啓五郎の妻だと、志賀が明かす。

「今日はこの近くまで参りましたので、ご挨拶に伺いました。留役さまは、ご在宅でしょうか？」

「はい、おりますよ。女中に案内《あない》させますので、どうぞ中へ」

客の応対を女中に任せ、妻女は子供とともに出ていった。

並んだ後姿は、仲の良い親子そのものだった。

「公事を起こすだと？　それはまことか！」

浅生南堂が、かっと目を見開いた。謹厳実直をしわに刻んだような顔は、それまでほとんど動くことがなかったが、志賀が公事について告げると、驚愕のあまり仁王のように表情が険しくなった。

「ほどなく当公事宿の主人が、こちらさまに訴状を届けに参ります」

絵乃がそう述べると、南堂はぎりぎりと歯噛みする。

「集堂めが、何という馬鹿な真似を……」

「それほどに、集堂さまは参っておられます。離縁の心痛により、まるで幽鬼《ゆうき》のようなありさまだと……」

絵乃が伝えると、南堂は急に恥じ入るようにうつむいた。そこには罪の意識が透けて見える。理不尽な仕打ちをしたことは、南堂自身もわかっているのだろう。それでも言い訳や詫びを口にするつもりはないと示すように、両の膝の上で拳《こぶし》をきつく握る。

「弥栄志郎さまは、可愛らしゅうございますね。先ほど玄関でお会いしました」

重苦しい空気を払うように、志賀はにこりと微笑して、朗らかに言った。

「のびやかで素直なご気性で、何より賢うございますね」

褒め文句にも、南堂は乗ってこない。志賀の思惑を推し量っているのか、じろりと睨みつけた。

「あの子は関わりあるまい。無駄話につき合うつもりはない」

「いいえ、集堂さまを離縁したのは、弥栄志郎さまを迎えるためでございましょう?」

凜《りん》とした声で、きっぱりと言い切った。有無を言わさぬ迫力は、気高さすら感じさせる。その大本にあるのは、覚悟であろう。

「養子を廃して、別の養子を立てる。その無茶を通すために、集堂さまを無体《むたい》にあつかった。集堂さまご自身に、養子を退いてもらうより他にやりようがなかったためです」

南堂の仕打ちに堪えきれず、自ら浅生家を出ていってほしい。あるいは逆上し、狼藉を働けば、それを理由に離縁が叶う。しかし集堂は踏みとどまった。養父には決して逆らわず、忍の一字で堪え続けた。

その底には、希青の存在があったのかもしれない。ここで自棄《やけ》を起こしては、希青を迎えることが叶わなくなる。自分ひとりでは、案外あっさりと折れてしまうが、身近に愛しい者がいれば、何よりも強い支えとなろう。

「それでも集堂さまは、動こうとしない。万策尽きて、離縁を達するしかなくなった……」

「書役の妻風情が、わかったような口を利くな!」

南堂が、顔色を変えて怒鳴りつける。図星を突かれたのは明らかだ。

「書役の妻だからこそ参りました! 留役さまを、お助けするために」

「公事宿の者を連れてきて、いまさら何を! おまえもまた、かつては公事宿の手代であったのだろうが」

志賀はすでに、自身がかつて狸穴屋の手代であったことを南堂に明かしていた。それでも怯《ひる》むことなく、相手の目を真っ直ぐに見詰める。

「仰《おつしや》るとおりです。それでもいまは櫓木啓五郎の妻であり、留役さまとご養子さまの諍《いさか》いを、公事に至らぬよう封じてほしい。それこそが主人の、櫓木の願いです。私《わたくし》は、その意を受けて参りました」

切々と訴える。心を尽くした説きようが、相手に届かぬはずはない。虚を突かれたように、南堂の怒りが沈静する。

「公事に至らぬやりようが、何かあるのか？」

「ございます。ですがその前に、事情《わけ》をおきかせ願えませんか？　何故《なにゆえ》に、かような無理を通されたのか。どうして集堂さまを廃してまで、弥栄志郎さまをお迎えしたいのか」

南堂はため息をひとつつき、観念したように口を開いた。

「ふた月前、八王子の親類の家に、法事に出掛けた。その折に、遠縁の息子たる弥栄志郎に会った」

最前会った南堂の妻は、吉枝《よしえ》という。八王子には、吉枝の母の実家があり、祖父の法事のために六年ぶりに赴いたという。

「あの子を見て、わしも妻も驚いた。弥栄志郎は、死んだ我が息子にそっくりなのだ」

その一言で、絵乃にもすべてが飲み込めたように思えた。

「息子さまが、いらっしゃったのですか……」

と、志賀は声を落とす。

「一粒種の長男でな。親馬鹿は承知の上だが、気性が明るうてひときわ賢かった。幼き頃から書を好み、少し早いが論語を与えようかと思っていた矢先に……」

八歳のときに病に罹《かか》り、あっけなく亡くなったと語り、震える口許を手で覆う。どれほどの落胆と悲哀に襲われたか、容易に想像がつく。志賀とともに、悔やみを口にした。

「わしよりも、妻が参ってしまってな。長いこと亡くした子を悼《いた》み、自らが病人のようなありさまだった。挙句の果てに……」

と、南堂が、言葉を切った。口に出すのを、躊躇《ため》らっているようだ。志賀は何も言わず、じっと待つ。沈黙に押し出されるように、南堂は先を続けた。

「妻は、自害を図った……幸い女中が気づいて、事なきを得たが……」

心の痛みはからだにも障《さわ》り、床上げに至るまでには何年もかかった。そんな吉枝に養子話をもち出すこともできず、結局、長の年月の後、成人した集堂を迎えることにした。

「しかし妻は、弥栄志郎に夢中になった。この子を育てたいと懇願した。わしも弥栄志郎といると、我が子が戻ってきたように思えてな」

「お気持ち、お察しいたします」

単なる相槌ではなかろう。志賀が寄り添うように告げて、絵乃は先ほどの光景を思い出した。

実の母と子のようにも映る姿は、微笑ましくも妙に物悲しい。

「弥栄志郎は次男でな、下にも弟がいる。養子話をもち出すと、両親も乗り気になった。元服するまでは手許に置きたいと望まれたが、妻が是非にと請うて承知させた」

失った我が子を、時を経てもう一度育《はぐく》める――。吉枝はその思いにとりつかれ、子を亡くしたときの妻のようすから、南堂も止められなかった。

しかし迎えてまもない集堂には、合わせる顔がない。思い余って、あのような仕儀に至ったと、忸怩《じくじ》たる思いを口にした。妻のみならず南堂もまた、亡き長男への切ない思いがくすぶっていたに相違ない。自身の本音と妻の強固な願い、一方で養子の集堂と友である九重瑞喜との板挟みになって、その鬱憤が養子への苛みとなって現れたのかもしれない。

「よもや集堂が公事に訴えるとは、思いもせなんだ。万が一にでも評定に上がるような仕儀に至れば、浅生家はお終いだ……」

事の深刻さに、がくりと肩を落とした。志賀はおもむろに口を開いた。

「留役さま、先ほども申し上げましたが、集堂さまに訴えられぬ方途が、ひとつだけございます」

「何だ、教えてくれ！　どうすれば、この悶着を収めることができるのだ」

「ご養子さまの廃嫡を、白紙に戻せばよいのです」

「つまり、集堂を浅生家に戻せということか？　だが、それでは弥栄志郎が……ふたりをともに養子にすることはできんぞ」

「弥栄志郎さまは、集堂さまのご養子となさいませ」

ふいを食らったように、南堂が志賀を見詰め、大きく息を吐いた。

「なるほど、その手があったか……だが集堂は、得心してくれるだろうか」

「事情を説くのは、狸穴屋の者たちにお任せください。南堂さまが心を尽くしてお詫びなされば、集堂さまもきっとわかってくださいます」

「相わかった。よしなに頼む」

儒教において親は絶対であり、武家ならなおさら。親が子に頭を下げるなど、まずあり得ない。それでも間髪容れず南堂は応じ、その率直さに安堵がわいた。


「今回も見事な手際でした、お志賀さん」

浅生家の門を出て、外堀の方角へと向かう。駕籠は帰してしまったが、町屋の通りに出れば拾えよう。

「清書した訴状を、反故《ほご》にさせちまうがね」

「それは構いません。八方丸く収まるなら、それが何よりです」

「八方丸くねえ……」

志賀は皮肉な笑みを、口許に刻んだ。やがて門前町に差し掛かり、牛天神へと続く参道は、屋台が立ってにぎやかだ。

その中に、吉枝と弥栄志郎の姿を見つけた。

「お志賀さん、ひとつだけ、気になることが……」

「何だい?」

「集堂さまが妻を娶《めと》り、もしも実の子が生まれたら……弥栄志郎さまのお立場は、どうなるのでしょう?」

「南堂さまのように、廃嫡なさろうとするかもしれないね」

そんな、と眉をひそめる。自ずと声に非難が交じったのか、志賀は痛そうな顔をした。

「わかってるよ。あたしが講じた手は、問着を先送りしただけだとね。いや、もっと大きな争いの種を、先々に蒔いちまっただけかもしれない」

公事に八方丸くはあり得ない、痛み分けがせいぜいだ。それでも、これより他に公事を取り下げる方法はなかったことは、絵乃にもわかっている。

「あの子の、弥栄志郎さまの先々だけは案じられて……」

「死んだ子の代わりだなんて、それだけでも子供には荷が重かろうにね」

常にきりりとした志賀が、めずらしく憐れみを浮かべる。

「それでもね、後は大人になったあの子自身が、切り拓いていくしかないんだ」

子供は大人の事情にふり回される。それもまた、残酷な真実だ。

秋の日差しを浴びて、子供が笑う。その笑顔がまぶしくて、絵乃は目を閉じた。

夏椿

朝はいつも慌しい。日の出前に目覚めて、長屋の井戸端で洗面し、房楊枝《ふさようじ》で歯を磨く。九月も半ばを過ぎ、冬はもう目の前だ。吐く息は白く、桶に汲んだ水に手を突っ込むとぶるりと震えがきたが、冷たい水で顔を洗うとしゃっきりした。

それから竈《かまど》に火を熾《おこ》す。灰の中に熾火《おきび》を埋めてあるから、火吹き竹で吹くと弱い炎が上がる。細い薪を真ん中に、太い薪をその両脇にくべて、ふたたび火吹き竹を使うと、細い薪に火がついた。しばし時間はかかるが、このまま放っておけば、やがて太い薪にも火が移る。

そのあいだに米を研ぎ、釜に水を張った。江戸の大方の家の慣いで、米を炊くのは朝の一度きり。炊飯には強火が鉄則だが、ただし強過ぎてはいけない。薪からボウボウと高く火が上がっては、釜底が焦げて、薪もすぐに燃え尽きてしまう。薪がメラメラとほどよく燃えて、下の熾火がじんわりと熱を伝えるのが、煮炊きに具合のいい火加減だ。

覚えたての頃は、あきれるほど失敗を繰り返したが、母は叱らなかった。

『大丈夫、おっかさんなんて、会得《えとく》するのにひと月はかかったよ。それにくらべたら、お絵乃《えの》はずっと覚えが早いよ』

こんなふうに母とのやりとりを、懐かしく思い返す日がこようとは、一年前は思いもしなかった。母の布佐《ふさ》とは訳あって、十一、二年も離れて暮らし、今年の正月からふたたび一緒に暮らすようになった。母娘《おやこ》とはいえ久方ぶりだから、最初のうちは照れやぎこちなさがあり、互いに無駄な気遣いもしていたが、三月、半年と経つうちに、ちょうどこの竈の火のように加減も落ち着いた。

竈に釜を載せると、毎朝決まった時間に来る納豆売りの声がした。

納豆売りの次が豆腐屋で、次が魚屋。魚は値が張るから、裏長屋住まいでは滅多に買えない。納豆と、豆腐屋から油揚げを買って戻ると、釜の中身が沸騰して木蓋《きぶた》がもち上がっていた。急いで薪を竈の内の隅に寄せて、熾火だけの弱火にしてコトコトと炊く。

「危ない危ない。もう少しで吹きこぼれるところだった」

と、気づいたように、奥の間とのあいだに立てた襖《ふすま》に目をやった。

「今朝はおっかさん遅いわね。あたしより早く起きることも、めずらしくないのに」

九尺《くしやく》二間《にけん》の長屋は、四畳半ひと間に一畳半の土間が相場だが、この家は奥に三畳間がついている。この奥の間を、母とふたり布団を並べて寝間としているが、今朝はぐっすり眠っていたから、母を起こさずに寝間を出た。

「そういえば、昨日は遅くまで縫物をしていたようだし」

もう少し寝かせてあげようと、朝餉《あさげ》の仕度に戻った。飯が炊き上がると竈から外し、味噌汁にとりかかる。具は油揚げにたっぷりの根深。白飯と味噌汁と漬物に、今日は納豆もつけたから、ちょっと贅沢な朝餉と言える。

飯がほどよく蒸らされた頃、味噌汁が仕上がり、その折に奥の襖が開いた。

「おはよう、おっかさん。ちょうど朝餉ができたよ」

「おはよう、お絵乃。まあまあ、すっかり寝坊しちまって。ごめんよ、朝餉の仕度も手伝わないで」

「たまにはいいって。寝坊なら、あたしの方が多いもの。それより、顔を洗っといでよ。すぐに、ご飯にするからさ」

ざっかけない会話が、時折、しみじみと有難く思える。母の布佐も同じなのか、洗面を終えて膳の前に座ると、ほうっと大きな息をついた。

「炊き立てのご飯と味噌汁。この湯気を見ているだけで、幸せな気持ちになるね」

娘とこうして差し向かいで朝餉をとることが、何よりの贅沢だと顔に書いてある。味噌汁をひと口すすり、さらに笑みを広げた。

「美味しいね。煮干し出汁が利いて、味噌の香りも立ってるよ」

「そりゃあ、おっかさん直伝の味だもの。手前味噌のつもり？　味噌だけに」

「おや、本当だ。手前味噌になっちまった」

女ふたりの住まいは、会話が途切れることがなく、些細なことで笑いがわく。にぎやかに朝餉を終えると、母が申し出た。

「寝坊のお詫びに、後片付けはあたしがするよ。おまえは仕度をおし」

「じゃあ、お願い。そういえば、昨日遅くまで縫物をしていたでしょ。急ぎの繕い物でもあったの？」

「そうそう、すっかり忘れてた。昨夜のうちに仕上げたくて、つい夜更かしをしちまってね」

ぽん、とひとつ手を打って、針箱の脇に置いてあった布包みを開く。

中から出てきた巾着袋に、絵乃は思わず声をあげた。

「可愛い！　柿の形の巾着ね」

「気に入ったかい？　よかったら、使っておくれ」

「いいの？　わあ、嬉しい！」

大喜びする娘に、母は目を細める。朱の生地は、丸い柿の実を形作り、巾着の紐と、へたを象《かたど》った絞り口は渋い緑色。柿の実にそっくりな、実に可愛らしい巾着袋だった。

「あり合わせの木綿の端切れだから、見掛けが地味ですまないね。ちりめんなら、もっと華やかになるのにね」

「ううん、これで十分。おっかさん、ありがとう！」

心の底から喜ぶようすに、まるで自分がもらったかのように、母が幸せそうな笑顔になる。

「それにしても、上手に拵《こしら》えてあるわね。お針が得意なのは知ってたけど、こんな細工までできるなんて」

縫い目などを確かめて、絵乃が改めて感心する。布を縫い合わせただけでは、柿の丸みは出ない。表地と裏地のあいだに芯と綿を挟んで、形を整えているようだ。

「実はね、お店のお客さまに、ちりめん細工の名人がいらしてね。作り方を教わったんだよ」

布佐が種明かしをする。名人ときいて、絵乃は職人を連想したが、布佐は首を横にふる。

「『鶴勢屋《つるせや》』という商家の大内儀《おおおかみ》でね。お越《えつ》さんというの」

「まあ、商家のお内儀が、名人に？」

「ちりめん細工は、若い頃から手掛けていたそうだけど、四年ほど前に隠居なされてから、本腰を入れたとかで」

ちりめんは、細かなしぼを立たせた絹織物で、艶やかな色柄が多い。その端切れを使った小物がちりめん細工で、裕福な家の奥方や内儀の趣味として広まった。たとえ端切れでも、相応に高価であるからだ。

鶴勢屋の大内儀もまた、最初は素人の趣味の域であったが、隠居してからはぐんぐん腕を上げたようだ。袋物や箱物、押絵などの飾り物まで手掛け、趣向の面白さや色の妙、仕上げの美しさはすでに玄人《くろうと》はだしで、昨今では小間物屋や袋物屋からも引き合いがくるほどだという。

「『浜江戸《はまえど》』にも、お越さんからいただいた小物がいくつか飾ってあってね、大きな宝船とか、源氏絵模様の小箱とか、内裏雛《だいりびな》なぞもあってね」

いずれも見事な出来であり、また女心をくすぐる愛らしさと華やかさに満ちている。

浜江戸は、浜町川《はまちょうがわ》に面した橘町《たちばなちょう》一丁目にある仕出屋で、母娘が住まう橘町四丁目からもほど近い。布佐は半年ほど前からこの浜江戸で、通いの女中として働いていた。

「仕出しの注文にいらした折に、つい不躾《ぶしつけ》なお願いをしたら、快く作り方を教えてくださったんだ。ただ、思った以上に手が込んでいて、作り方も難しくて」

柿の趣向だけに、もっと早く仕上げるつもりが、秋の終わりになってしまったと少々残念そうに語る。ただその難儀がかえって作る楽しさを倍加させ、思いのほか熱中したという。

「そのお越さんがね、昨日、浜江戸に注文に見えた折、おまえのことをあれこれとたずねられて」

「あたしのことを？　どうして？」

「おまえが公事宿《くじやど》の手代《てだい》だと、浜江戸のおかみさんからきいたそうでね。『狸穴屋《まみあなや》』のこともあれこれと問われて……離縁を得手とする公事宿とは本当かって」

あら、と絵乃は、思わず箸を止めた。

「もしかして、離縁をお考えなのかしら？」

「どうかねえ。お身内やお見知りの相談かもしれないけれど、馬喰町《ばくろちょう》二丁目ですよと、狸穴屋の場所をお教えしたから」

もしお越が訪ねてきたら、相談に乗ってやってほしいと頼まれた。

もちろん否やはないが、まさかその日のうちに現れるとは思いもしなかった。


その女性が入ってきたのは、昼を過ぎた刻限だった。

「すみません、こちらにお絵乃さんという方は？」

「はい、私《わたくし》ですが」

文机《ふづくえ》に向かっていた絵乃は、即座に腰を上げて客を迎えた。

地味な装いながら、着こなしや佇まいは上品で、顔立ちや口調はしっかりしている。相応の商家の妻女だと察しがついた。

「こちらのことは、お母さまから伺いまして。私、鶴勢屋の隠居で、越と申します」

「ああ、はい！　母から聞いております。どうぞ、お上がりくださいまし」

隠居ときいて、もっと年寄りを想像したが、四十五になる母の布佐よりも、少し年上くらいか。

ひとまず奥の小部屋に通して、賄方《まかないかた》の花爺《はなじい》にお茶を頼み、それから指南役の椋郎《むくろう》に、母から頼まれた経緯《いきさつ》を告げて、同席を願った。この屋の主人の桐《きり》は外出しており、見習いに毛が生えた程度の絵乃だけでは、相談役として不足であろう。

しかし椋郎は、少し考えてから達した。

「せっかくお絵乃さんを頼ってきなすったんだ。仔細を伺うのは任せるよ」

「え、あたしひとりで承るんですか？」

「そんな不安そうな顔をするなって。お絵乃さんなら大丈夫だ。むろん、後の始末はおれや女将《おかみ》さんも助《す》けるからよ」

絵乃ひとりで、客の相談を受けるのは初めてだ。椋郎に促され、やや緊張した面持ちで奥の間に赴く。

「改めまして、当公事宿で手代を務めております、絵乃と申します。本日は、どのようなご相談でしょうか？」

「こちらさまは、離縁の沙汰に長《た》けていると伺いましたが」

「はい、さようです。離縁にまつわる悶着《もんちゃく》を、公事や内済《ないさい》にて片付けることを旨としております」

正確には、公事として裁判沙汰になるのは、よほどこじれた場合に限られ、大方は内済で収めるとつけ足した。

「お身内のどなたかが、離縁で揉めているのでしょうか？」

「身内ではありません。離縁を望んでいるのは、私自身です」

きっぱりと告げられて、驚きが先んじた。辛うじて表情に出さぬよう堪え、何食わぬ顔で問いを重ねる。

「お客さまが、離縁をお望みなのですね。では、ご主人さまが離縁に納得なさらないということでしょうか？」

「さようです。いくら頼んでも、主人がどうしても承知しません。夫の三行半《みくだりはん》が得られなければ、離縁は成りませんから……でも私は、どうしても離縁したいのです」

その瞳と声には、ひとかたならぬ強い意志が感じられた。

歳は妻が四十九、夫が五十八。越は十九で嫁いだから、ちょうど三十年の節目を迎えた。人生の半分以上をともに連れ添った伴侶と、この歳で離縁を望むというのは、よほどの訳があるのだろうか。その覚悟が圧となって、油断すればこちらが潰されそうだ。絵乃は腹に力をこめて、相手の目を見て応じた。

「かしこまりました。では、お宅さまのことを、詳しくお話しくださいまし。ご商売、お身内、できればご親類や奉公人の数まで。むろん、肝心のご夫婦仲と、お子さまとの間柄なぞもおきかせください」

できるだけ情を入れず、あえて淡々と告げたのは、越が女性にしてはめずらしく、理が勝っていると見てとったからだ。女性にとって感情は、理屈などよりよほど大切なものであり、絵乃にもその気持ちはよくわかる。離縁ともなればなおさら、これまで溜めに溜めた鬱憤《うっぷん》や嘆きを、存分に吐き出すことも茶飯事だ。

対して男性は、非常に鈍感だ。生来とも言えるし、また感情は抑えるものと、幼い頃から親や世間にしつけられたためもあろう。

妻の気持ちはもちろん、自分の感情にさえ蓋をして、見ないよう顔をそむける。

この男女の差が、もっとも色濃く表れるのが離縁である。

しかし目の前にいる依頼人は、少なくとも人前では、感情の起伏をさらけ出すことをしない。一方で、離縁への強固な意志と、揺るぎない覚悟は伝わってくる。そして、わずかな焦りも――。

越はできるかぎり早く、離縁を成したいと望んでいる。

そのためには、哀れな訴えは時間の無駄でしかなく、ましてや恥や外聞なぞ二の次だ。

絵乃の求めに応じて、家内について包み隠さず、また順序立てて要領よく語るさまが、勘に過ぎない推測を裏付けているかのようだ。

鶴勢屋は古道具を商っているが、いわゆる骨董品のたぐいではなく、諸職人の道具、ことに大工や左官など、出職《でしょく》の道具を主にあつかっていた。

店は浜町川の西側、弥兵衛町《やへえちょう》にあり、母が働く仕出屋の浜江戸とは、浜町川を挟んで対岸となる。

主人の名は、千勢左衛門《ちせざえもん》。まだ三十前と若いが、四年前に鶴勢屋の代々の主人と同じ、この名を継いだ。嫁をとったのも四年前で、妻の名は樫《かし》。

千勢左衛門は越の実子で、他に娘がふたりいるが、いずれも嫁に出している。

そして離縁したい夫の名は、萱兵衛《かやべえ》。主人の名を息子に譲り、隠居して大旦那になると、元の名に復したという。

「大旦那さまは、当年五十八歳。五十四歳で隠居され、店を跡継ぎに譲られたのですね?」

「はい、その前年、卒中で倒れて、右の半身が不自由になりまして。口だけは達者なのですが、いまはほとんど寝たきりのありさまです」

「では、そのお世話は……」

「私が担っております。嫁も一時は務めてくれましたが、主人の我儘《わがまま》勝手が過ぎて、癇癪《かんしゃく》を起したあげく罵詈《ばり》雑言《ぞうごん》を浴びせるのが常で。おかげで世話役の女中を雇っても、居付きが悪く……」

初めて眉間《みけん》に、屈託ありげなしわを刻んだ。五年のあいだ、手のかかる病人の世話を、実質ひとりで引き受けてきたのだ。その苦労は、察してあまりある。

「大旦那さまは、もとより気性が激しかったのですか?」

「口ぶりに容赦がなく、激しやすかったのは元からですが、主人は終日店にいて、顔を合わせる間も長くはありませんでしたから。私よりもむしろ、ともに働いていた息子や奉公人の方が、大変だったのかもしれません。それでも以前は、怒る理由《わけ》にも得心がいきましたし、そう頻繁ではありませんでした」

思うようにからだが動かず、憤懣《ふんまん》を我儘という形でしか出せない。そんな病人の気持ちも理解はできるが、振り回される周囲はたまらない。

「病人の世話に疲れ、ご亭主の仕打ちがあまりに酷い。それが離縁の因《もと》でしょうか？」

「それもあります。でもそれだけなら、我慢もできます」

「では、他の理由が？」

越はうなずき、懐から薄い紙入れのようなものを出した。思わず仕事を忘れて、感嘆の声をあげる。

「まあ、素敵！　見事なお細工ですね」

見惚れるほどに美しい、ちりめん細工の紙入れだった。

華やかな白い椿の傍らに、雲雀《ひばり》だろうか。二羽の鳥が枝で寄り添っている意匠だが、椿や鳥は押絵細工で、背景から浮き上がり、いまにも花の香りが漂ってきそうだ。

よく見ると、実にさまざまな端切れが細かに配されており、一輪の椿にも三、四種類の布が使われて、花弁の一枚だけが淡い桃色であったり、あるいは遊び心あふれる奇抜な色柄が混じっていたりと、作者の自在な感性が窺われる。

「手にとって、拝見してもよろしいですか？」

どうぞ、と渡されると、思ったよりも持ち重りがする。懐紙を入れる紙入れに見えたが、中に入っていたのは手鏡だった。丸い鏡面に柄のついた、いわゆる柄鏡で、鏡面はちょうど絵乃の掌《てのひら》くらいか。

太古の昔から鏡は青銅製で、銅に錫《すず》や鉛を加えたものが青銅である。この表面を錫でメッキして磨くと鏡面となり、裏面に文様が施されたものが多い。渡された柄鏡も、裏面に精緻な花が彫られていて、ちりめんの鏡入れと同じ模様であることに、遅まきながら気づいた。

「この花は……椿ですか？」

「夏椿とききました。平家物語にある沙羅双樹《さらそうじゅ》は、本当は夏椿のことではないかとも。沙羅双樹はもともと南国の木で、この国の冬はなかなか越えられない。でも夏椿は、沙羅の花にそっくりで、寒さにも耐えるそうです」

夏の花でありながら、冬に耐える夏椿は、どこか越に重なる。

「私も今朝、母から可愛らしい柿の巾着をもらいました。お越さまが、お教えくださったそうですね。母に良くしていただいて、有難うございます」

「喜んでいただけたら何よりです。実は同じように教えても、出来は存外さまざまで。お母さまは手先が器用な上に、辛抱強いご気性でいらっしゃる。細工にはそれが肝心ですから」

母への褒め文句に、つい目許がうるんだ。一方ならぬ苦労を重ねてきた母だけに、たとえ些《さ》細《さい》なことでも、他人の賛辞がことのほか沁みた。

「ただ、このちりめん細工が、夫の勘気を買いまして……それが離縁を望む、真《まこと》の謂《いわ》れです」

「どういう、ことでしょうか？」

ちりめん細工は嫁入り前に覚えたが、嫁いですぐに子供を授かったこともあり、また商家の妻には奥向きの仕事もある。忙しさに追われてしばし遠ざかっていたが、夫が倒れ、内儀の役目を退いたことが、ふたたび細工を始めるきっかけとなった。

幸い嫁がしっかり者で、一年ほどで奥向きは一切任せられるようになった。厄介な夫の世話だけが、越の役目となったが、さすがに丸一日、枕辺に寄り添う必要はない。

病人から解放されるひと時、ちりめん細工に勤《いそ》しむようになり、最初はただの手遊《てすさ》びに過ぎなかったが、ほどなく夢中になった。

同じ意匠でも、端切れの組み合わせによって、がらりと風情が変わる。

その醍醐味を知ってから、のめり込むように心が細工に傾いた。

夫の用足しのために外へ出向くと、袋物屋や小間物屋をまわって、流行りの品を見定めたり、意匠の参考に絵物語を求めたり、花の見頃などに植木屋や庭園に足を運び、花や草木、鳥などを筆で描き留めたりもした。

「浜江戸にも、主人の使いで二日に一度は通いましたが、帰りにはそのような寄り道を。浜江戸のおかみさんやお布佐さんとの語らいも、楽しゅうございました」

夫の萱兵衛は、浜江戸の茶わん蒸しが大好物で、玉子焼きや白和えも好んだ。その注文のために、越は浜江戸によく顔を出したが、女中などに任せず自ら出向いたのは、息抜きのつもりもあったようだ。

その息抜きが、夫の癇に障《さわ》ったのだろうか？　絵乃は推測を口にしたが、いいえ、と越は否定した。

「何度も足繁く通ううちに、袋物や小間物の店とも心安くなりまして。ためしに作った細工を見せたところ、ぜひ買い取らせてほしいと、いくつも引き合いをいただきました」

「誰だって欲しくなるお品ですもの。引き合いが来るのも当然です」

この鏡入れにしても、椿と鳥、いわば花鳥というありきたりな意匠のはずが、他所《よそ》では見かけぬ独特の風合と個性がある。越が培った表現であり、誰にも真似ができない。絵乃は心から感服し、越も嬉しそうに微笑んだが、その顔はすぐに陰った。

「息子や嫁もたいそう喜んでくれて、私も浮かれておりましたが……それが主人には、気に入らなかったようです。売り物にするなぞとんでもない、いますぐ細工もやめてしまえと」

「それはあまりに……。大旦那さまは、いったい何が気に入らないと？」

「何もかもです。妻が夫の世話よりも、細工に現《うつつ》を抜かすことも。自身は隠居の身で、床から起き上がることすらできないのに、女房は世間から認められようとしている。それが何より、面白くないのでしょう」

むろん夫の世話は、これまでどおり越が引き受ける。その上で、己の細工を世に出したいと懇願したが、へそを曲げた夫は、妻の願いを拒み、頭ごなしに叱りつけるだけだ。

「以来、前よりもいっそう扱いづらくなりまして、何をしても気に入らず、罵声だけが増えました。店に届くほどの大声で怒鳴り散らすものですから、奉公人も怯える始末で」

三月ほどそんな状況が続き、越や息子夫婦もさすがに参ってきた。

「ここまでこじれてしまっては、どう説いても、主人の許しは得られない。一方の私も、いまさら細工と離れることなぞできません。家内を鎮めるためにも、離縁して私が鶴勢屋を出るしかあるまいと、心を決めました」

決意と信念にあふれた強い眼差しが、正面から絵乃を見詰める。離縁を望むのも、無理のない顚末だ。眼差しをはじき返すように、絵乃は即座にこたえた。

「お頼みのほど、しかと承りました。無事に離縁に至るよう、公事宿として精一杯、働かせていただきます」

まるで戦場《いくさば》に赴くごとく、張り詰めていた気負いがほどけ、越の口からほっと溜息がもれた。

「てことは、鶴勢屋を出た後は、ちりめん細工で生計《たつき》を立てるつもりなのかい?」

椋郎の問いには、ただうなずいて応じた。口の中に饅頭《まんじゅう》が収まっているために、返しができなかったのだ。菓子を飲み込んでから、絵乃はようやく声を発した。

「このお饅頭、びっくりするほど美味しいですね！　小さくて食べやすいし、これならいくつでも入りそうです」

「そうだろう？　両国橋の東詰に最近店を出した、『志尾津《しおつ》』という店の小饅頭でね。近頃食べた菓子の中ではとびきりだときかされて、もういても立ってもいられなくて。その足で買いに走ったら、長蛇の列でさ」

「おっかさんは気が短いから、早々に諦めようと言い出して。ここまで来たのだから買っていこうって、あたしが引きとめたのよ」

女将の桐の横から、娘の奈津《なつ》が、自分の手柄だと胸を張る。

鶴勢屋の大内儀が帰ると、絵乃は椋郎に、依頼の内容を語った。それが終わらぬうちに、この屋の女将と娘が土産を携えて帰ってきた。

竹皮の包みを開けると、小饅頭が十個ずつ三段積み上がっていて、度肝を抜かれた。さすがに多過ぎはしまいかと、懸念が先に立ったが、白い皮は麹《こうじ》の香が上品で、餡の風合も思いのほか軽い。食べ始めると、誰もがもうひとつと手を伸ばし、傍《かたわ》らに控える番頭の舞蔵は、すでに四つ目を口に放り込んだ。

「これはたしかに、止まりませんね。さすが仁科《にしな》さまの、お勧めだけはある」

「おや、よくわかったね、番頭さん。仁科の旦那からきいたとは、言ってないはずなのに」

「当たりの菓子は、ほとんどが仁科さまのお勧めですから。定廻《じょうまわり》同心だけに、流行りや評判に耳聡《みみざと》い上に、ああ見えて甘党ですから」

「顔が厳めしいから、まったくそうは見えないのにね。逆におっかさんは辛党だけに、菓子の目利きは外れが多くて」

と、奈津が茶化す。

仁科は町奉行所の定廻同心で、歳の頃は桐と同じくらいか。公事宿は町奉行所と関わりが深いだけに、与力や同心とのつき合いも相応にある。ことに仁科と桐は二十年以上の馴染みで、絵乃もある事件を通して世話になった。

「あの仁科さまが、甘党なのですか。人は見掛けによりませんね」

大柄でいかつい風体の同心だけに、絵乃も意外を声に出す。

「そろそろ饅頭から離れて、鶴勢屋の話に戻ってもいいかい？　お身内にあたる息子夫婦は、親の離縁をどう見て……」

椋郎が語りを止めて、どんどんと己の胸をたたく。ろくに嚙まずに飲み込んだために、饅頭が喉に詰まったようだ。

折よく台所から茶を運んできた、賄の花爺が、椋郎に湯呑をさし出す。ぐびりと飲んで、椋郎が息をつく。

「あちち、舌を火傷しちまった。でも助かったよ、花爺」

なあに、と花爺は目を細める。奈津がとなりに花爺を座らせて、饅頭を勧める。

「花爺も食べてね。のんびりしてたら、なくなっちゃうから」

三段あった饅頭は、すでに最後の一段だけになっていた。

「いらっしゃいまし。椋郎さん、お久しぶりです。いつも絵乃がお世話になりまして」

にこやかに出迎える母の布佐に、椋郎も親しげな笑顔を向ける。

「いえ、こちらこそ、すっかり無沙汰をしちまって。でも、お達者そうで何よりでさ」

翌日、絵乃は椋郎とともに、浜江戸に出向いた。浜江戸は、仕出しの出前が商いの主流ながら、貸座敷も備えている。

離縁において身内の了承は、何よりの後押しとなる。息子夫婦にも話を伺いたいと、昨日、絵乃が切り出すと、越は即座に承知して、今日の午後、浜江戸で息子夫婦と会う手筈を整えると約束した。

布佐に案内されて座敷に通り、下座に並んで座る。母の姿が消えると、椋郎が口を開いた。

「息子夫婦は、頼み人たる大内儀の側に、味方しているときいたが」

「はい。鶴勢屋の当代たる息子さんも、それに嫁のお内儀も、離縁には同意なさっているそうです」

「だが、世話をする大内儀が家を出れば、我儘な舅《しゅうと》で苦労するのは嫁さんだろ？　よく離縁に同意する気になったもんだ」

椋郎は合点がいかないようすで、顎に手をやる。

「嫁のお樫さんは、大工の棟梁の娘さんだそうで」

「そういや鶴勢屋は、大工相手の商売だったな」

嫁の実家は、江戸でも指折りの大きな大工一家で、大工はもちろん、左官や漆喰師、屋根を葺《ふ》く瓦葺師や茅葺師まで、数十人の職人を抱えている。

『お父さまに似て、お樫も気風《きっぷ》がよくて情に厚い。息子の当代は父の顔色を窺って、はっきりとものを言えぬ性分ですが、嫁との相性は良いようで。しっかり者のお樫が来てくれて、私もひと安心です』

越は嫁をそのように評し、信頼しているようすが窺えた。

「ご気性故か、離縁に際しても、息子さん以上にお越さんの肩をもってくださるそうです」

それからほどなく、息子夫婦は浜江戸に到着し、座敷に姿を見せた。

「鶴勢屋当代、千勢左衛門にございます。このたびは両親《ふたおや》のことで、お手を煩わせてすみません」

「内儀の樫と申します。お義母《かあ》さまの件、どうぞお力になってくださいまし」

ふたりと相見《あいまみ》えると、越が述べたとおりの人柄だと、すぐに察しがついた。

千勢左衛門は当年二十九。若いこともあって主人の貫禄はなく、未だに若旦那といった風情だが、対して七歳下になる樫は、歳に似合わず堂々としている。

体格も妻の方が大柄だが、蚤《のみ》の夫婦を思わせ、それも何やら微笑ましい。

「まず、親御さまの離縁について、お二方のお心持ちを、改めて伺いたいのですが」

挨拶を済ませると、さっそく椋郎が本題に入った。

「最初は正直、受け入れがたく……親の離縁は、子にとって喜べる話ではなく、鶴勢屋を担う身としての世間体もあります」

　主人として応じながらも、千勢左衛門の視線は膝元に向けられている。

「何よりも母が家を出れば、父がいっそう荒れるのは目に見えています。ここにいる妻にしわよせが行くのではと、それも案じられて。ですが当の妻が、母の味方に立つべきだというのです」

「嫁入りしてよりずっと、お義母さまのご苦労を、いちばん身近で見てきたのは私です。どんなに心を込めてお世話しても、礼はおろか怒鳴りつけられるばかりで。私がお義母さまの立場なら、一年も経ずに離縁します」

　樫が憤然と言い放つ。現に樫は嫁として、萱兵衛の世話を試みたが、一年ももたなかったときいている。

「父も寝付く前は、あれほどひどくはなかったのですが……」

「お義母さまは文句ひとつこぼさず、ずっと辛抱を重ねてきました。なのにたったひとつの楽しみである、ちりめん細工まで取り上げようとするなんて、いくら何でもあんまりです。まるで鬼の所業ではありませんか！」

「これ、お樫」

「ごめんなさい……でも、お義母さまがあまりにご不憫《ふびん》で……」

　夫にやんわりと諭されて、樫は素直に詫びたが、目には涙が溜まっている。二十二とまだ若い嫁だけに直情ぎみではあるが、越の評したとおり、気風がよくて情に厚い。

「だから私は、お義母さまの味方に立つと決めました。離縁よりほかに手立てがないのなら、成就させてさしあげたい」

「私も同じです。母の苦労も、またちりめん細工への思いも承知しておりましたし、妻の一途に心を動かされて、離縁に同意すると決めました」

いい夫婦だ——。うらやましく思えるほど、ふたりは似合いに見えた。なまじ商売柄、こじれた夫婦ばかり見ているためもあろうが、新しい夫婦の形だと、絵乃には感じられた。

妻が舵を取る夫婦は案外多いものだが、それをこのように人前であからさまに語る夫は、非常にめずらしい。弱さのようにも取られかねないが、己の器量を見定めて、あえて妻に預ける鷹揚《おうよう》さは、絵乃からすれば好もしい。

しっかり者の妻と、その気性を受け入れ、大事にする夫。

互いの理解と譲り合いこそが夫婦の肝だと、改めて学んだような心持ちになった。

「おふたりのお覚悟は、しかと承りました。その上で、先々のことをご相談したいのですが」

一方の椋郎は、手代としての務めをこなし、何より気になっていたことをたずねた。

「仮に離縁が成り、お越さまが大旦那のもとを去ることになれば、その後の世話はどのように。やはりお内儀に、厄介がふりかかることになりはしませんか？」

夫婦は互いに視線を交わし、うなずき合う。妻の樫が先に口を開いた。

「いいえ、私はすでに懲りてますから。どのみち誰がお世話しても、お義父《とう》さまはお気に召さないのです」

「父の世話人は、人を雇うことにいたします。所詮、長続きはしないので、雇いをひと月ほどに限って。出入りは慌しくなりますが、それがいちばんよい策かと」

現実的な思案を、千勢左衛門が告げる。また親類たちも、頭の固い手合いは難を示すだろうが、昨今の萱兵衛が手に余ることは周知の事実だ。きっと説き伏せてみせると、主人夫婦は請け合った。

「委細、承知しました。では改めまして、大旦那、大内儀ご両人離縁の儀、当狸穴屋が承り、話を進めさせていただきます」

よろしくお願いしますと、夫は安堵の息をついたが、妻は案じ顔をこちらに向ける。

「でも……いくら私たちが後押ししても、肝心のお義父さまが納得しないことには、離縁はできないのでしょ？」

「はい、仰るとおりです」と、絵乃がこたえる。

「あの父が、三行半に応じるとは、とても思えないのですが」

千勢左衛門もやはり、こればかりは如何《いかん》ともしがたいと憂いを深める。

「たしかに、仮に私どもが離縁を申し立てれば、大旦那さまはますます意固地《いこじ》になって、承知を渋るかもしれません。その場合、公事に至るということも……」

「公事になったら、勝てるでしょうか?」

性急な樫の問いに、椋郎はかすかに眉間をしかめる。

「正直に申し上げれば、勝つ見込みは五分、いや二、三分といったところです」

周囲の者は、萱兵衛の横暴と越の苦労を知っている。しかし世間的には、夫の看病を厭うた挙句に逃げ出した妻と取られかねない。ちりめん細工にしても、その収入で家計を支えているなら話は別だが、隠居後の趣味の範疇とみなされるだろう。

「では、どうすれば……」

すがるような瞳を向けられて、椋郎がめずらしく往生する。

「まず大旦那にお引き合わせ願って、私どもの方から離縁の旨を伝えるのが常の運びですが、たしかに藪蛇《やぶへび》になりかねません」

萱兵衛が烈火のごとく立腹し、よりいっそう妻へ当たり散らすことは、火を見るより明らかだ。

「でしたら、先にお越さまを遠ざけた上で、大旦那さまに離縁の沙汰を告げてはいかがでしょう?」

「そうだな。ひとまずは、それしかなさそうだ」

絵乃が申し出た案に、椋郎もうなずき、主人夫婦も承知した。

半月ほど後、越は家を出て、仕舞屋《しもたや》に移った。それを待って、椋郎と絵乃は鶴勢屋に赴き離縁を打診したが、萱兵衛は怒り心頭で、ふたりは罵詈雑言の嵐をこうむった。

「離縁だと？　ふざけるな！　どうせおまえたちは、事を大きくして高い公事料をせしめる気だろうが、そうはいくか。三行半も書かんし、公事料なぞびた一文払わんからな。女房のつまらん手向かいなぞに、わしは決して屈せんぞ。さっさとお越を連れてこい！」

けんもほろろに追い返された。主人夫婦に見送られ鶴勢屋を出ると、椋郎が悪態をつく。

「やれやれ、これじゃあ離縁を成すより、大旦那がくたばるのを待つ方が早そうだ」

「ひとまず別居には至りましたし、離縁は成らずとも、これで手打ちということで、頼み人のお越さまにご納得いただいては？」

「そうだな。お越さんの住まいは、川向うの深川《ふかがわ》だったか。明日にでも、行ってみるか」

翌日、大川をわたって、ふたりは深川にある仕舞屋を訪ねたが、越もまた首を縦にふらなかった。

「難儀であることは、承知しています。ですがここまできたら、私も引けません。いくら費《つい》えがかかっても、どんな手を使っても構いません。何としても、夫から三行半を頂戴したく、このとおりお願いいたします」

　昨日よりいっそうため息の数を稼ぎながら、ふたりは狸穴屋への帰途についた。

「どんな手を使ってもねえ……お越さんは、そこまで思い詰めていなさるのかい」

手代ふたりから報告を受けた女将の桐が、ふうむと頬に手を当てた。

「でも、いったいどうしたらいいのか。もうこれ以上、打つ手がありませんし……」

「まあ、なくもねえんだが……阿漕《あこぎ》が過ぎるから、あまり使いたくはなくてな」

「阿漕な手って、どのような？　椋郎さん、教えてください！」

絵乃にせっつかれた椋郎が、困ったように頭をかき、女将をちらりと見る。心得た桐が、後を引きとった。

「長年、離縁を引き受けてきたんだ。わからずやの亭主も女房も、この世にはごまんといる。正面からの押し引きだけじゃ、そういう手合いは動かない。だからちょいと、奥の手をね」

「奥の手とは？」

「一通りじゃなく、やりようはいくつもあるさ、奥の手なんだから。だが、大旦那の場合は、あの妙薬を嗅がせるのが、いちばんかね」

「まあ、そうでやしょうが」

椋郎は、嫌な臭いを嗅いだかのように、思いきり顔をしかめる。

「おや、椋はあまり気が進まないようだね」

「そりゃあ、おれも男ですから。いくら嫌な旦那だろうと、同じ男としちゃ、何やら切なくなっちまって」

「逆の場合もあるんだから、おあいこさ。そうと決まれば、椋、さっそく見繕っておくれ」

「え、おれですかい？　おれはどうも苦手で……先《せん》にはお志賀《しが》さんに任せきりで」

以前、狸穴屋にいた手代の名を出し、椋郎が尻込みする。何事にも前向きな椋郎が、こうまで物怖じするとはめずらしい。逆に興味が勝って、絵乃が申し出た。

「あのう、でしたらそのお役目、あたしがお引き受けしましょうか。どんな奥の手かはわかりませんが……」

「いやいや、お絵乃さんには無理だろう」椋郎が、即座に止める。

「でも、お志賀さんが担っていたのなら、あたしもおいおい覚えていかねばなりませんよね？」

「あれは人の目利きが要るからな。海千山千の、女将さんやお志賀さんならいざ知らず、お絵乃さんにはまだ早えと思うが」

まるで人を見る目がないと侮《あなど》られているようで、何やらむっとする。たしかに絵乃の別れた亭主は、最低の男だった。反論の余地はないが、見誤ったのは娘時代の浅はかであり、少しは成長しているつもりだ。

黙り込んだ絵乃の胸中を見透かしたように、桐が口を添えた。

「お絵乃だけじゃ、まだ無理だろうね。でもおまえのおっかさん、お布佐さんなら、目利き人としちゃ申し分ない」

「うちの、おっかさんが……？」

絵乃は首を傾げたが、椋郎はすぐさま女将に反駁《はんばく》する。

「よしてくだせえ、女将さん。せっかく暮らしが落ち着いたってのに、また昔の傷をえぐることになりかねねえ」

椋郎の慌てように、ぼんやりとながら輪郭が見えてきた。桐に向き直り、絵乃は問うた。

「その目利きには、母の前の生業《なりわい》が、関わってくるということですか？」

「そのとおり。椋が言うように、おっかさんには酷なことかもしれない。でも、うまくいけば、鶴勢屋の大内儀の離縁は成就して、もうひとつ別のご利益もつく」

「別のご利益とは？」

「お布佐さんと同じ苦労を負った人を、もうひとり救ってあげられるかもしれない」

はっとして、女将の目を見詰める。それまでバラバラになって頭の中を漂っていた欠片《かけら》が、輪郭の中に納まり、その形が見えてくる。

「むろん、おっかさんの気持ちを無下《むげ》にするつもりはないが、これは狸穴屋からのまっとうな頼みだ。上首尾に運べば、おっかさんにも礼金をはずむよ」

それでもやはり、絵乃の中に迷いが生ずる。

「お絵乃さん、やっぱりやめておいた方がいい。目利きなら、おれが引き受けるからよ」

母のお布佐を傷つけまいと、椋郎は最後まで止め立てしたが、じっくりと考えて、絵乃は腹を決めた。

「母に、相談してみます。どのような者をお探しか、おきかせ願えますか」

桐が笑みを広げてうなずく傍らで、椋郎は長いため息をついた。

「まさか、たったふた月で離縁が成るなんて。何だか狐に化かされたような気分です」

萱兵衛から受けとった三行半を、いま手にしているのが、未だに信じられない心地がする。

「それだけお布佐さんの目利きが、たしかだったたってことだろうさ。おれはいまでも、すまなく思えてならねえがな」

肩の辺りがしょげている。指南役の反対を押し切った形になったが、椋郎のやさしさは、母にもちゃんと伝わっていた。

「椋郎さんのような方が指南役で、有難いねとおっかさんが。それに、この顚末には、母が誰より喜んでくれると思います」

「それがせめてもの慰めだが、おれが不甲斐ないばっかりに、お絵乃さんとおっかさんに肩代わりさせせちまって」

こと女に関しては、椋郎の目利きは当てにならない——。女将も番頭も、口をそろえてそう言った。それもたぶん、椋郎のやさしさ故に相違ない。

離縁に難色を示すのは、相手への執心《しゅうしん》が断ち切れぬからだ。純粋な思いばかりでなく、己の面子やら意地やら、あるいは嫉妬や意趣返し。さまざまな負の感情が絡まって、すでに膿《う》みただれているのだが、醜いが故に目を背けたまま、ただしがみつく。

正視しろと、いくら言っても無駄なこと。人は己の中の負を、何よりも恐れている。だから目先を変えてやる。あなたがしがみつく伴侶よりも、もっといいお相手がおりますよ、とささやいて身近に据える。

萱兵衛の場合は、病床にはべる世話人として、差《さし》という女を置いた。小網町《こあみちょう》の店で酌婦《しゃくふ》をしており、歳は四十前。酌婦としては薹《とう》が立っており、実入りも少ない。それでも朗らかで世話好きで、厄介な客の相手が上手く、難儀をしている同輩を助けることも多かった――。

絵乃が条件を告げたところ、母は差の名をあげて、そう語った。

我儘な病人の世話を厭わず、また萱兵衛の怒声にもへこたれない、大らかな胆力も必要となる。また、あまり欲の深い女では、鶴勢屋の新たな悶着にもなりかねないから、その辺りの了見も見定めねばならない。

酌婦の稼ぎは先細りする一方だが、世話人としての給金は、萱兵衛の傍にいるかぎり途絶えることがない。気に入られて、長く仕えることができれば御の字だと、差は欲においてもささやかだった。

「お差さんとは店が近くて、時々堀端なぞで出会うとよく話をしたんだ。からだも気持ちもふくよかで、いい子だったよ。歳がいって、先の心配をしていたのはあたしと同じでね。あたしが小網町を離れるときは、心細げにしていたから、ずっと心にかかっていてね」

布佐もまた、去年の暮れまで、同じ小網町で酌婦をしていた。酌をするだけでなく、客が望めば二階に上がり色も売る。いわばもぐりの売春宿だが、働く女たちにとっては気楽な面もある。吉原も数多《あまた》の色街も、遊女を身請けするには、法外な金がかかる。遊女の身は、妓楼や置屋のものであるからだ。

しかし盛り場などに暖簾《のれん》をあげるもぐりの店は、あくまで酌婦との建前だけに、よほどの稼ぎ頭でもないかぎり、大方の店では出ていく酌婦を止め立てしない。古参となればなおさらだ。差が申し出を承知して店を辞めると、狸穴屋が身許を引受け、病人の世話役として鶴勢屋に紹介した。若い主人夫婦には、あらかじめ差の履歴もこちらの思惑も明かしておいた。

「いわば遊び女を、家に入れるに等しい。うちは奉公人にも若い者が多いから、面倒なぞ起こらぬでしょうか」

千勢左衛門は眉をひそめ、妻の樫ですら怪訝を顔に出したが、対面させてみると、差は思いのほか夫婦に気に入られた。当の差に、崩れた風情がないからだ。

丸ぽちゃの中年女で、身なりを整えると、どこの長屋にもいそうな女房にしか見えない。また酔客の相手をしていただけに、朗らかで話上手で気もまわる。樫はすっかり気に入り、千勢左衛門も安堵を得たのか許しを与えた。

「お差さんは本当に、気さくで楽しい方で。うちの母と同じに、苦労なさってきたはずなのに、それをみじんも見せない」

あのたくましさには、素直に尊敬の念がわいた。だからこそ、うまくいきますように、萱兵衛に気に入られ、長く鶴勢屋に腰を落ち着け、まとまった収入を得られますようにと祈っていたが、絵乃の予想よりはるかに早く、願いは叶った。

「父が、あの父がですよ、お差の前ではなんと笑うのです！　罵声もめっきり減って、たまに癇癪を起こしても、お差は動じることなく難なく収める。あの手際には、恐れ入りました」

「お義父さまは、お差を妾にするとまで仰って。妾を本宅に置くわけにはいかないと、やんわりとお話ししましたら、別宅を借りてともにそちらに住まうと言うのです」

数日前、狸穴屋を訪ねてきた夫婦は、驚天動地の大事件だとでもいうように、口々に語った。

たとえ上首尾にせよ、肝心要の問題が残っている。おそるおそる絵乃はたずねた。

「三行半については、どのように？」

「それも承知しました。拍子抜けするほどに、あっさりと。とはいえ三行半など縁がなく、文面《ふみづら》に迷いまして。こちらさまにお助けいただこうと、お知らせがてら参りました」

三行半なら造作もない。手代見習いの頃から、飽きるほど目を通してきた。絵乃はもっとも巷《ちまた》に多く、差し障りのない文面を一筆書いて、千勢左衛門に渡した。

そして今日、その三行半を、萱兵衛のもとに受けとりに行った。萱兵衛の気が変わっていまいかと、心配が先立ったが杞憂《きゆう》に終わった。

「いや、これでわしもすっきりした。お越にも、よろしく伝えてくれ。あれの財も戻すよう、息子に言ってある。後腐れがないようにな」

萱兵衛は、別人かと見紛うほどに上機嫌で、結納金をはじめとする妻の財産も、お定めどおりに返却すると達した。二ヶ月前より顔色もよく達者なようすで、その傍らにはお差がふくよかな笑みを浮かべている。

精一杯の感謝の念を込めて、絵乃は差に向かって辞儀をした。


「ずいぶんと気を揉みましたけど、これで一件落着ですね」

「気を抜くのはまだ早いぞ。この三行半を先さまに届けて、返り一札《いっさつ》をいただかないと」

返り一札とは、三行半に対して、たしかに受けとりましたと妻が認《したた》める、いわば受領書だ。これが夫のもとに届いた時点で、離縁は正式に成就となる。

「お越さんの住まいは、この辺りでしたよね……たしか一の鳥居の近くだったと」

富岡八幡宮の一の鳥居が見えてきた辺りで、絵乃がきょろきょろと首をまわす。広い参道の両脇には、ぎっしりと店が立ち並び、たいそうなにぎわいだ。

ふいに絵乃が、あっ、と声をあげた。

左手にある瀬戸物屋の店先に、越の姿があったからだ。

「椋郎さん、ほら、あそこにお越さんが。たまたまとはいえ、何て間合いのいい……」

「いや、いまはやめておこう」

駆け寄ろうとした絵乃を、椋郎が止める。どうして、と怪訝を示すと、椋郎はよく見ろ、と顎をしゃくる。

「お越さんは、ひとりじゃねえ。横に、連れがいるだろ？」

人垣に邪魔されて、絵乃からは見えなかったが、場所を移ると、たしかに越のとなりに職人風の男がいる。ふたりは一見すると、まるで夫婦のように湯呑みを見繕っていた。

絵乃がはっとしたのは、男に向けられた越の表情だ。

幸せそうな笑みを浮かべ、その横顔は、何度か会った大内儀とはまるで違う。恋をする女の表情だ。その変わりように、萱兵衛のとき以上に、絵乃は動揺した。

「となりのあの方は、まさかお越さんの……」

「ああ、思い人だ。椿や山茶花《さざんか》を作る植木屋でな、歳はお越さんよりふたつ三つ下になる。長患いしていたかみさんを、去年亡くしたそうだ」

「椿……あの夏椿……！」

夏椿を意匠にした、ちりめん細工の鏡入れが、鮮やかに脳裡によみがえる。中の鏡の背面にも、夏椿が彫られていた。あれはもしや、思い人からの贈り物ではなかろうか。そう考えれば、むしろ合点がいく。

そして夏椿の傍らには、寄り添うように並ぶ二羽の雲雀――。

意匠のために、植木屋にも足を運んだともきいている。知り合ったのはその折か。

「椋郎さんは、知ってたんですか？　お越さんが、そのう……不義を犯していると」

最後のところは、うんと小さな声でささやいた。

「あのふたりが、密通していたかどうかまでは知らねえがな」

と、苦笑いを浮かべ、実は、と椋郎は種明かしをした。

「女将さんに言われてな、念のため裏をとったんだ。お越さんのまわりを、ちょいと探らせてもらった」

「女将さんは、どうしてそんなことを？」

「別居で満足せず、あくまで三行半を望んだからさ」

ちりめん細工を続けたい——。その一存のみであれば、別居だけでもよしとするはずだ。

夫はからだが利かず、押しかけてくる心配もない。また夫との離縁は、息子との縁も断つことになる。母としての情もあろうし、たとえ細工で生活が立つにせよ、女ひとりの暮らしはやはり心許《こころもと》ない。それでもあえて離縁を望むのは、よほど夫を嫌い抜いているか、あるいは、別の理由があるからだ。

「三行半は、離縁状であるとともに、妻に再縁を許す証《あか》しでもある。お越さんが欲したのは、再縁の許しじゃないかと、女将さんは見当なさったんだ」

何やらからだ中の力が抜けて、その場に座り込みそうになった。

最初に相談に乗ったとき、越に焦りを感じたことも、いまになって合点がいく。

「それっぱかりじゃねえ。あの大内儀には、若夫婦もおれたちも、見事にしてやられた」

「まだ何か、隠し事があったんですか？」

「ちりめん細工は一年も前から、商いとして成り立っていたんだ。だが、大内儀はそれを誰にも明かさなかった。旦那が止め立てなさると、わかっていたからだ」

疑問がいっそう増えて、絵乃の頭はすでにはち切れそうだ。

「だったら、どうしていまになって……」

絵乃の問いにこたえる代わりに、椋郎は瀬戸物屋の店先をちらりと見遣る。

睦まじいふたりの姿が、すべての疑問のこたえだった。

「去年、植木屋のかみさんが亡くなって、一周忌が過ぎた。大内儀が、わざわざちりめん細工を持ち出して悶着を起こしたのは、それからまもなくだ」

つまりは一切が、越が念入りに施した策略であったということか。さまざまな端切れを綿密にまとめ上げる、まさにちりめん細工さながらだ。

「おれたちも、あのお人好しの息子夫婦も、いっぱい食わされたというわけだ」

平たく言えば、騙されたということだが、不思議と怒りはわかず、越の細工を目にしたときのように感嘆すら覚えた。

おそらくは生涯で最後の恋、いや、萱兵衛との婚姻が家同士のものなら、生涯でただ一度の恋かもしれない。最初で最後の恋を成就させるために、越は自分の一切を賭けたのだ。

「離縁て、奥の深いものですね……あたしなぞ、まだまだです」

「女将さんとは、年季が違わあ。おれもやっぱりまだまだだが、そう急がずともゆっくり行こうや」

椋郎の気取りのない励ましに、そうですね、とうなずいた。

「せっかく大川を渡りましたし、お越さんが家に帰りついたところを見計らって、三行半を渡しましょうか」

「そうするか。まずはどこぞで暇を潰さねえと……甘味屋で、汁粉はどうだ？」

「いいですね！　あったまります」

少し先に、甘味屋の赤い幟《のぼり》を見つけて、椋郎が先に立って歩き出す。

通り過ぎざま、瀬戸物屋をちらりとふり返る。

——夏椿は、沙羅の花にそっくりで、寒さにも耐えるそうです。

越の声がよみがえる。艶やかながら、冬を越える強さを宿す。

職人に寄り添う越の姿は、やはり夏椿そのものに見えた。

初瀬屋の客

商売には必ず、繁忙期がある。大方の店《たな》なら、まず師走《しわす》。次いで盆にあたる七月であろう。盆と暮れは、掛け売りを旨とする大方の商家にとっては、半期に一度の掛け取りの時期となり、半年分の代銀を回収するために、客先を駆けずりまわることになる。また師走は、一年でもっとも物が売れる。ふたつが重なって、商家はまさにてんてこまいだ。

片や公事宿《くじやど》は、商家よりひと月ほど早く、十一月が繁忙期となる。

農繁期を終えた百姓たちが、訴えを起こすために江戸へ集まってくるからだ。九月に稲を刈り、十月に貢租《こうそ》を終えて、農作業がようやく一段落する。そして国許を発って江戸に着くのが、霜月十一月となるからだ。

『狸穴屋《まみあなや》』もまた、霜月を迎えるとともに客が増え、ほんの半月ですでに満員御礼の有様だ。

「お絵乃《えの》、今日はあたしら三人とも、晩まで戻らないからね。宿のことは任せたよ」

霜月半ばの朝、女将《おかみ》の桐《きり》から達されて、はい、といつもより気合を込めてうなずいた。

「書き物の方も、おまえに任せたよ。数が多いからね、手間だろうが、御控《おひかえ》をよくよく改めて、その通りに頼むよ。それとくれぐれも、お客さまの御名を間違えないように」

「女将さん、そろそろお出にならねえと。お呼び出しは、六つ半でしたよね？」

「わかってるよ。椋の方こそ、とっととお行き。冬場の腰掛は、あっという間に埋まっちまうからね。下手を打ちゃ、朝から晩まで立ちん坊だよ」

「承知してまさ。じゃあ、女将さん、おれはお先に」

身軽く腰を上げた椋郎《むくろう》だが、番頭の舞蔵《まいぞう》に止められる。

「椋郎、その風呂敷は私のだよ。おまえのは、こっち」

「おっと、いけねえ、いけねえ。すいやせん、番頭さん」

「いくら忙しいからって、大事な状を納めてあるんだ。間違えるなぞ、もってのほかだよ。状を違えるような不届きをやらかせば、お役人からどれほど不興を買うか……」

「説教は、帰ってから伺いやす。それじゃあ、お先に！」

番頭の長い口舌《こうぜつ》をさえぎって、椋郎が客とともに出ていく。ほどなく女将と番頭も、やはり慌しく出ていった。

三人を送り出し、やれやれと息をついたが、絵乃の机も仕事が山積みだ。

「ええと、こちらの一件に要するのは、御差出願に、添簡《そえぶみ》をいただくための申請状《もうしうけ》と……こちらは訴えられた側だから、返答書が要るのね。それと次の一件は……ああ、評定公事だから、これがいちばん手間ね。御判揃届《ごはんそろえとどけ》が八状も……気が遠くなるわ」

思わずため息をついたが、気持ちを切り替えて、書類の山に挑もうとする。

「ああ、その前に、御控を確かめないと」

思い直し、台所へと向かった。この屋で賄《まかない》を務める花爺《はなじい》が、朝餉《あさげ》の後片付けをしていたが、その背中に声をかける。

「すみません、鍵をお借りできますか？」

「ああ、ちょいと待ってくんな」

水仕事の最中であっただけに、花爺は手拭を使ってから前帯の辺りをごそごそと探り、鍵を一本とり出した。礼を言って、絵乃が受けとる。

「用が済んだら、すぐにお返しします」

「客が来たら知らせるから、急がなくていい。急《せ》くのは間違いのもとだからな」

「はい、肝に銘じます」

素直にうなずいて、鍵を手に、廊下のいちばん奥にある納戸に向かった。

六畳ほどの納戸の壁はすべて、正方の升形に区切られた書棚に塞がれていた。どの升も書類でいっぱいだが、向かって左奥の、いちばん上の段、右端の一升だけは、片開きの扉がついている。

絵乃の背丈では、やや爪先立ちになるものの、どうにか鍵を開けて中身をとり出す。

年期の入った冊子が三冊。上中下に分かれていて、それぞれが半紙四十葉ほどの厚みがある。上冊の表紙に、「願方之部」と書かれており、中冊は「相手方之部」、下冊は「臨時之部」とある。

訴訟のために、必要な書類の雛形である。

桐は「御控」と称し、棚の鍵は花爺に預けてある。公事宿の主人は、とかく他出が多く、番頭や手代も同様。花爺に鍵を託したのは、滅多に外出しないとの理由もあるが、何よりも信用の証《あか》しであろう。立場こそ賄の下男に過ぎないが、女将の桐や娘の奈津《なつ》は、花爺に全幅の信頼を寄せている。花爺もまたそれに応えるべく、帯の内側にかくしをつけて鍵を仕舞い込み、常に肌身離さず持ち歩いている。

こうまでして雛形の保管に気を配るのは、御上《おかみ》の目をはばかってのことだ。たとえ公事宿であろうとも、書類の雛形を手許に置くのは、表向きは許されていない。しかし訴訟の玄人《くろうと》たる公事宿が、書類の作成もままならないようでは、裁判そのものが滞りかねない。よって格別の計らいにより、黙認しているといったところか。

万一、雛形が、公事宿から市井に漏れたとなれば、直ちに仲間株をとり上げられ、江戸所払《ところばら》いになりかねない。

「どうして、そうまでして人の目から隠そうとするのですか？」

いつだったか、指南役の椋郎にたずねたことがある。

「そいつはな、民百姓の公事馴れを防ぐためさ」

椋郎は、いとも明快にこたえたが、絵乃の疑問はかえって深くなる。表情でそれを読みとったのか、椋郎は続けた。

「下々が公事に詳しくなると、たとえば領主や代官に、法を武器に盾突く恐れがある。御上の側にとっちゃ、甚だ具合が悪いんだ」

「それってつまり、お武家の面目を保つために、お百姓や町人は無知蒙昧《もうまい》であれと？」

絵乃の胸に憤りがわいたが、そのとおりだと椋郎は苦笑した。

「名主や顔役の中には、公事に通暁した者もいるが、お裁きの席では嫌われて、公事が不利に運ぶ恐れがある。役人の前では、あくまで公事不調法の体《てい》を装えと、客には常々言いきかせていてな」

何やらもやもやするが、体面さえ保てれば、存外、温情のある裁定が下されるという。

「公事に勝つことが何よりの大事で、公事宿にとっちゃ芯であり太い幹だ。枝葉がどんなに鬱陶しく繁ろうと、天辺まで登ってみせねえと」

公事の心得を伝授され、たしかにとうなずいた。すっきりとはしないまでも、頭では理解がおよぶ。

そのやりとりが頭をかすめたが、あえてふり払い、納戸の真ん中に据えられた小机に向かった。写しは複数認《したた》めねばならないが、正式な手代《てだい》として雇われてから、まだ一年を経ないだけに、その一枚目は雛形に頼らねばならない。書式の雛形は納戸から出すべからずと、きつく達されているだけに、納戸の中で写す必要があった。

納戸には火の気がなく、四枚を写すだけで、手指や足先がかじかんできたが、急くなとの花爺の忠告を思い出し、文言を違《たが》えぬよう、注意深く書き写した。何度も確かめながら少しずつ進めただけに、反故《ほご》紙が出ることなく写し終えたが、相応に時がかかった。

冊子を棚に戻して鍵をかけ、墨が乾くのを待ってから、ていねいに折りたたむ。人の目に触れぬよう、あつかいにはやはり注意を要するものの、後は火鉢が据えてある店の座敷で、入用の枚数だけ写しを重ねればいいだけだ。

ほっと気を抜いたとき、閉めた戸越しに、やや甲高い声がきこえた。おそらく花爺が応対しているのだろう。やりとりの中身はわからぬものの、声からすると、客は年配の女のようだ。写しを懐《ふところ》に仕舞い、納戸を出て店に顔を出した。

「いらっしゃいまし。この屋の手代の、絵乃と申します。御用の向きを承ります」

歳の頃は、五十路《いそじ》を越えたあたりか。女将の桐と同じくらいの年恰好で、小店《こだな》の女房といった身なりだった。存外、不躾《ぶしつけ》な視線で絵乃をながめ、口を開いた。

「ずいぶんと、若い手代だねえ……お志賀《しが》の代わりかい？」

絵乃ではなく、花爺に向かって問う。どうやら初見ではなく、狸穴屋の馴染みのようだ。

「さいでさ。今年の正月から、本雇いになりやしてね」

「それじゃまだまだ、ひよっこだね。お桐はいないのかい？」

「今日《こんち》は客の付き添いで、晩まで戻りやせんや」

「下代《げだい》のふたりは？」

「番頭さんと手代さんも、戻りは遅えときさやした」

最前から客の女は、こちらを無視して花爺とやりとりしているが、言葉の端々から絵乃は察した。

「もしや、ご同業の方ですか？」

桐を「女将」ではなく名前で呼び、番頭や手代を「下代」と称した。

公事宿の雇い人は、正式には下代と称する。ただ、桐はその呼び方を嫌って、店内や客先では番頭、手代と名乗らせていた。

「下代って、音が悪いじゃないか。どうも耳障りでね、下男の方がましなくらいさ。だからこの店を任されたときに、真っ先に番頭と手代に変えたんだ」

いつだったか、そんな話をきかされた。当時はまだ珍しかったそうだが、昨今では増えてきて、他所の公事宿でもよく耳にする。

ただし評定所《ひょうじょうしょ》や奉行所など公の場では、番頭の舞蔵はもちろん、椋郎も下代を名乗る。絵乃はまだ、下代格とはみなされず、書役《かきやく》のあつかいだった。

桐と近しい間柄で、下代という公事宿独特の呼び方を知っている。同業者ではないかと踏んだのは、そのためだ。しかし女客は、絵乃をふり向いて顔をしかめた。

「公事宿なんて、とんでもない！　まっぴらごめんだね」

疎《うと》ましげに吐き捨てられて、にわかに戸惑った。女は畳みかけるように、ずけずけと重ねる。

「このとおり、宿はぱっとしないし飯もまずい。宿としちゃ、木賃宿といい勝負だ。おまけに公事なんて、七面倒くさいもんに関わって、頻々《ひんぴん》と役所詣でに駆り出され、お役人にはひたすらへいこらしてさ、そのくせ御上からも世間からも軽くあつかわれる。下代って名に、よく現れているよ。所詮、公事宿なんてのは、世にはばかる憎まれっ子みたいなもんさ」

口調は歯切れがいいだけに、さほど湿っぽくはないものの、恨みつらみは相当なものだ。反論すらできず言うに任せていたが、花爺がさりげなく口を挟んだ。

「お笠《かさ》さんは、公事宿の娘でね。小伝馬町《こでんまちょう》三丁目の『辻田屋《つじたや》』さんが、お実家《さと》だよ」

「辻田屋さんなら存じてます。表通りに面した、大きなお宿ですね？」

馬喰町《ばくろちょう》と小伝馬町は、ことに公事宿の多い界隈として有名で、その理由としては、小伝馬町に牢屋敷《ろうやしき》があるためだ。獄舎への差し入れなどを承る旅籠《はたご》が多く、そのために必要な届出などの代書も引き受けたのが、公事宿の嚆矢とされる。

後に「馬喰町小伝馬町組旅人宿《りよじん》」として、百軒ほどで株仲間を作った。

江戸の公事宿仲間は他に二組、「八拾弐軒組百姓宿」と「三拾軒組百姓宿」があり、後にはもう一組増えることになる。

馬喰町が「旅人宿」で、他二組が「百姓宿」と称するのには理由があり、「百姓宿」が公事に関わる訴人のみを泊めるのに対し、「旅人宿」は名のとおり、公事客に留まらず旅客も泊め、江戸見物の案内などもする。

狸穴屋もやはり、公事客の少ない夏場には、物見遊山の旅人を受け入れる。

専業としているだけに、「百姓宿」の公事師の方が、腕がいいとの噂もあるが、この二組は一ヶ所に固まってはおらず、内堀沿いの常盤橋《ときわばし》外や鎌倉河岸、あるいは大川に近い浜町《はまちょう》や本所など、方々に散らばっている。

故に公事宿といえば、馬喰町の名が真っ先に上がり、逆に馬喰町ときけば、誰もが公事宿を思い浮かべる。

　馬喰町人の喧嘩で蔵を建て
　国々の理屈を泊める馬喰町

川柳においても、「公事宿」とは言わず、「馬喰町」と称される。

とはいえどこも、構えは至ってささやかで、大方は狸穴屋と同様、主人の下に、下代がひとりかふたりというのが相場だ。

一方で辻田屋は、公事宿としてはもっとも間口の広い宿と言えよう。通りがてら外から見た限りだが、奉公人も多かった。

笠はいわば、辻田屋のお嬢さまとの立場だろうが、当人は実家の生業《なりわい》を、快く思わぬようだ。

「いくら構えが大きかろうと、宿と膳の粗末は同じだよ。どうせ旅籠を営むなら、まっとうに客をもてなしたいじゃないか。だからあたしは、公事なんぞに関わりない旅籠に嫁いだんだ」

上野寛永寺や下谷《したや》広小路に近い、下谷車坂町《くるまざかまち》で、『初瀬屋《はつせや》』という旅籠を、亭主とともに営んでいるという。

「それで、ご用の向きは？　私《わたくし》でよろしければ、女将に代わって承りますが」

絵乃はていねいに申し出たが、笠はやはり渋い顔を返す。

「ちょいと面倒な頼み事でね、やっぱりお桐に、直に相談したいんだ。悪く思わないどくれ。あんたがどうこうってわけじゃなく、人の耳をはばからざるを得なくてね」

「初瀬屋か、あるいはご亭主や内儀《おかみ》さんが、悶着《もんちゃく》を抱えられたということですか？」

「いいや、うちに泊まってる客のことでね。いまのところは、まだ何も起きちゃいないが、このまま放っておくと大事になりそうで……」

きゅっと眉間《みけん》を寄せた顔には、憂いが濃く現れている。仮にも公事宿の娘が、桐を見込んで頼ってきたということは、相応に深刻な事態かもしれない。少なくとも笠はそれを危ぶんでいて、旅籠や家族に累《るい》がおよぶことを懸念しているに違いない。

「あいにく女将は、明日と明後日も、お裁きの付き添いや内済《ないさい》の相談で、終日からだが空きません。ご相談を承るのは、早くて明々後日《しあさって》、あるいはその先になるかと」

「仕方ないねえ……まあ、霜月が書き入れ時だってことは、あたしも知ってるよ。からだが空いたら、初瀬屋を訪ねてほしいと、お桐に伝えとくれ」

かしこまりました、と応じたが、差出口を承知でひとつだけ確かめた。

「おそらく、公事に関わるご相談とお見受けしました。お実家《さと》の辻田屋さまを、頼る方が早いのでは？」

笠は口許に、皮肉な笑みを浮かべた。辻田屋には、すでに足を運んだが、即座に断られたという。

「辻田屋のいまの主人は、あたしの兄なんだが……儲けに敏《さと》くて抜け目がないんだ。こんな面倒事に、首を突っ込むような真似はしないよ。たとえ妹の頼みでもね」

「さようでしたか……出過ぎた口を利いて、申し訳ありません」

「頼み人に食い下がるのは、公事師としちゃ悪くないさ」

慰めるように告げて、笠は宿を出ていった。口はぞんざいだが、根は悪くなさそうだ。顔には出さなかったが、不安や焦燥に駆られているに相違ない。

見送った後姿が、何やら小さく見えた。


「そうかい、お笠がねえ……きっと、よほどの気掛かりがあって、訪ねてきたんだろうね」

その晩、桐は遅くに戻り、絵乃は昼間の来客について伝えた。

「花爺からききましたが、お笠さんの最初の嫁入り先が、この近所にあった公事宿だったそうですね」

「そうなんだよ。お笠が嫁いで、たしか四年目だったかね。あたしが狸穴屋に嫁に来てね」

「その頃から、仲がよろしかったんですか」

「とんでもない！　あのとおり口に遠慮がなくて、気も強いだろ？　初めのうちは、何て嫌な女だろうと思ったよ」

花爺に言わせると似た者同士で、互いの粗や欠点が、いちいち癇《かん》に障《さわ》ったようだ。あんなことやこんなことを言われて頭にきたと、桐は花爺に向かってしばしば訴えていたのだが、逆に本音でぶつかり合える貴重な相手だと、互いに気づいたようだ。

時折、喧嘩になるのは相変わらずながら、へこたれぬ強さもお互いさまで、やがては毎日のように、話に興じる間柄になったという。

「けれど、お笠の亭主が、下手を打っちまってね。水茶屋や料理茶屋で派手に遊んで、過分な礼金を受けたと、御上から吊し上げを食らったんだ。亭主は仲間株をとり上げられて、所払いになった。お笠とは、そのときに離縁してね」

御上は「出入物《でいりもの》」、すなわち民事においては、内済を強く勧めている。その交渉に、水茶屋や料理茶屋はよく使われる。一方で、下々の奢侈《しゃし》にも目を光らせ、公事宿はたびたびその槍玉に上げられる。

茶屋でのもてなしや礼金は、必ずしも公事宿が無理強いするわけではなく、訴人たる客からの謝意であり、勝訴すればなおさらだ。御上もその辺りは心得ているのだが、何事にも限度がある。笠の元亭主は、その限度を超えたとみなされて、ある意味見せしめのために懲らしめを受けたのだ。

御上がこうまでうるさく目を光らせているのは、実際に阿漕《あこぎ》な公事師が跡を絶たないためでもある。

公事師は師とつくとおり、職人と同様、公事においての専門の技能があり、公事師なくして勝訴することはまず不可能だ。書類の代書や届出にとどまらず、白洲においての立居振舞を細かに伝授し、また裁きが不利だと見てとるや、直ちに日延べを申し立て、態勢を立て直す。江戸の町人ですら、まずどこに、どんな書類を出せばいいか、誰しもが戸惑う。ましてや田舎から出てきた訴人では、役所を探し当てることすら容易ではない。

そのすべてに付き添って案内し、書類を万端整え、助言を与え、親身に相談に乗る。たとえ勝訴に至らずとも、その献身には誰もが感謝の念を抱くはずだ。とはいえ、不慣れや無知につけ入って、阿漕を働こうとする輩も少なからず存在する。

むしろ一昔前は、公事師といえば、訴人を食い物にするような手合いばかりで、未だに公事師の立場が軽んじられているのもそれ故だ。やくざ者や香具師《やし》と何ら変わらない、海千山千の油断ならない詐欺師だと、御上からも世間からも胡乱《うろん》な眼差しを向けられる。

公事師の地位を、多少なりとも回復するための方策が、株仲間たる公事宿組であった。

株仲間とは、御上に冥加金《みょうがきん》を払って、代わりに商売の権利を得るものだ。御上からすれば、冥加金という収入が増え、また商人を統制することで物価の安定に繋がる。

江戸の公事宿組においては、冥加金を払う代わりに、さまざまな賦役《ふえき》を担っていた。奉行所からの状を国許に届けたり、江戸に出府した未決囚の軽罪人を預かる「宿預《やどあずけ》」などで、また火事の際には、得意先たる役所に駆けつけ火消しにあたる。

この得意先においても、三組で住み分けがなされていて、馬喰町組は、南北町奉行所と牢屋敷。八拾弐軒組は勘定奉行所、三拾軒組は関八州の御用を務める御用屋敷と、それぞれ結びつきが強かった。

何より株仲間にはもうひとつ、大事な役目がある。

御法を違え、阿漕な金儲けに走らぬよう、仲間内で相互に監視する役目だ。

言うなれば、自浄を促すことで、公事宿の地位を上げ、地盤を固めようと努めている。

「お笠の元亭主も、どうやら同じ株仲間から役人の耳に入って、罪に問われたようだ」

「いわば、仲間に裏切られたということですか？　何だか、やりきれませんね」

まったくだよ、と桐が相槌を打つ。桐がまだ狸穴屋を継ぐ前の話で、当時の株仲間にも組してはいないものの、甚だ後味が悪かったとため息をこぼす。

「お笠はもともと、公事宿を疎んじる節《ふし》があってね。実家でその表裏を見て育っただけに、おそらく汚い面も見ちまったんだろうね。ああ見えて、真っ正直な気性だから、先代の父親や当代の兄さんのやり口に、得心のいかない思いを抱えていたようだ」

辻田屋の親子はともに、目から鼻に抜けるような手合いであり、宿や公事をそつなくこなしながら、財があり世慣れていない田舎者からは、よけいに銭をふんだくるような、厚かましい商売も平気で行う。

「だから公事宿には嫁ぎたくなかったと、あたしにはよく漏らしていてね」

「お笠さんの前のご亭主というのは、どのような方なのですか？」

「どうって……奢侈を咎《とが》められたほどだからね、とにかく暮らしぶりが派手な男だったよ。ただ、公事の上手で知られていて、腕前はすこぶる良かった。だからこそ調子に乗って、やり過ぎちまったのかもしれないね」

宿の名は、『弦巻屋《つるまきや》』。当時の馬喰町では、ひときわ羽振りのいい宿で、そのぶん同業の妬みも多く買ったに違いない。出る杭は打たれるのごとく、役人に注進されて、咎めを受ける羽目になった。

「亭主の一件で、今度こそ心《しん》から、愛想が尽きたんだろうね。二度と公事宿には嫁ぎたくないと、父親に訴えて。それでも旅籠稼業は、性に合っていたようでね」

「それで公事宿ではない、下谷の旅籠に再嫁《さいか》されたのですね」

「あんな一件があったからねえ、馬喰町に来ることすら長いこと避けていて」

桐とのつき合いだけは続いたが、桐が訪ねていくのがもっぱらだった。

「狸穴屋に顔を出すようになったのは、ここ五、六年の話でね。もう誰もあんたのことなんか覚えちゃいないよって、しつこく誘いをかけてようやくだよ」

弦巻屋の一件は、勘定すると、ちょうど三十年前になるという。

足かけ二十五年ほども、馬喰町から遠ざかっていたのは、昔の知り合いに出くわすきまりの悪さもあったろうが、それほどに笠の傷は深かったのかもしれない。

「あたしが狸穴屋を継ぐと決めたときも、お笠にはえらい剣幕で止め立てされたよ。公事師になるなら縁を断つとまで言われたが、若い時分だけにあたしも意地になった」

大喧嘩をやらかした挙句、互いに顔も見たくないと吐き捨てて、一、二年のあいだは行き来すら途絶えたと、思い出し笑いをする。

「でも仲直りされて、それから長のおつき合いが続いたのなら、素敵な間柄です」

「そんなきれいごとじゃない、まさに腐れ縁さ」

言葉とは裏腹に、楽しそうに目を細めたが、その笑みがふと途切れる。

「馬喰町が鬼門でなくなったとはいえ、そう頻々《ひんぴん》と訪ねるわけじゃない。あたしから誘いをかけるのが常でね、向こうからいきなり押しかけるなんて、たぶん初めてだ」

「頼み事と仰《おつしや》ってましたし、もしかしたら切羽詰まったご用があるのでは……」

絵乃の言うとおりかもしれないと、桐が頬に手を当てて考え込む。

「そもそも霜月の公事宿がどんなありさまか、お笠なら先刻承知のはず。悶着の種はわからないが、よほど迫っているってことかね……」

本当なら桐自ら、すぐさま下谷に走りたいところだろうが、まだ今日の始末と明日の仕度が残っており、明朝も早くから出掛けねばならない。絵乃が笠に伝えたとおり、数日は身動きがとれぬありさまだ。

「仕方ない、二、三日待ってもらって、少しでもからだが空きしだい、下谷に行ってくるよ」

お願いします、と応じたものの、申し訳ない気持ちもわいた。

いつもきりりとした桐の目許には、疲れのためか隈が浮いていた。


「ああっ、何てこと！　最後の最後で、間違うなんて！」

万歳をするように、思わず両手を上げて、髪をかきむしりたい衝動を堪えた。まさにお手上げのありさまだ。

一日経って、今朝も女将以下三人は慌しく他出して、絵乃もまた書類に忙殺された。

いくら慎重を心掛けてはいても、同じ状をくり返し写していると、頭の中に妙な靄《もや》がかかって、視界がぼやけてくる。すでに筆をもつ手は、とうに書き物漬けに飽いていて、頭より先に音をあげていた。

「もう、何だって同じ状が、八枚も要るというの？」

腹立ちまぎれに悪態をつき、しくじった状をくしゃくしゃに丸めて、屑籠に放り込む。

「何だって同じ状が、八枚もいるの？」

悪態をそのまま返されて、声の方を仰いだ。二階から降りてきた奈津《なつ》が、階段の半ばからこちらを見下ろしていた。

十八歳の奈津は、女将の桐の娘である。軽い足音とともに階段を降りてきて、絵乃の机の前に、腰を下ろした。

「ね、どうしてそんなに写しがいるの？」と、重ねる。

「それは、御評定公事のための状だから……」

「評定所が関わると、どうして状の数が増えるの？」

子供のように素直な問いに、つい肩の力が抜けて、苦笑がこぼれた。

「御評定に列する御一座さま、すべてのお方に、状に裏判を押していただく決まりなの。三奉行が揃われる御評定では、都合八人のお奉行さまが立ち会われるから、状によっては八枚写さねばならないの」

寺社奉行四人、勘定奉行二人、南北町奉行二人で、三奉行は八人となる。

公事によっては、それぞれの奉行所のみで裁きを決する件もあり、その場合は、たとえば南町奉行の結審なら、北町は関わらず、状の裏判も南町奉行のみで済む。

しかし評定公事は、白洲が開かれる前後に、さまざまな書類に一座奉行の認めを必要とするために、手間は桁違いに増えるのだ。

「たとえばね、こちらの状は椋郎さんが、八人のお奉行の元へ参じて、判取りをしたの。で、裏判が揃うと、今度は御判揃届を、それぞれのお奉行へ差し出さねばならない。あたしが書いているのは、その状なの」

判が揃えば、一座奉行すべてに本件が周知されたとの証しになる。この御判揃届を、それぞれの奉行の役宅に自ら届けるのも、やはり公事師の役目である。

一件の公事だけで、このような手間は何度も生じ、これが霜月のように一時に来られると、目がまわる忙しさとなるのは必然だ。

「つい不平をこぼしちまったけど、いちばん大変なのはあたしじゃなく、女将さん以下お三方ね。我ながら、まだまだ修業が足りないわね」

「毎日、毎日、飽きもせず机に向かっているのだもの。不満が溜まるのも当然よ。あたしなら、ほんの一時で音をあげるわ」

きっと奈津なりの心遣いだろう。おかげで気分がかわり、鬱憤《うっぷん》がいくぶん晴れた。

同時に、改めて奈津のいまの立場が、不思議にも思えてくる。

「お奈津さんは、いわばこの屋のお嬢さまでしょ？　なのにお女中のような役目を負わされて……それこそ不満はないのですか？」

目の前の奈津は、前掛けを締めてたすき掛けという出立ちで、いまも客が泊まる二階の掃除を終えてきたばかりだ。

「こんな粗末な宿で、お嬢さまだなんて笑っちまうわ。小店なら、子供が家業を手伝うのは、あたりまえでしょ」

からからと笑いとばされたが、手伝うならむしろ、公事の方ではなかろうか？　疑問がそのまま顔に出ていたのか、お奈津はすぐさま応じた。

「言っておくけど、公事師になりたいなんて、ただの一度も思ったことはないわ。小難しい状を読むのも書くのも、あたしには苦行以外の何物でもないもの」

ことさらのしかつめ顔がおかしくて、思わず絵乃も頬がゆるんだ。

「何よりじっとしていることが、性に合わなくて。だって公事師って、店では机に向かって、外ではひたすら待ちぼうけなのでしょ？　お役所の腰掛で終日待つなんて、あたしにはとてもできやしないわ」

腰掛とは、奉行所の内にある待合室のことだ。各種届出や、あるいは吟味やお裁きを待つ人で常時混雑しており、多い時にはこの腰掛に三百人も詰め込まれる。朝、開門とともに腰掛に走り込んでも、午後まで待たされることも茶飯事だ。また裏判取りにも、各奉行の役宅で相応に待たされる。たしかに待つのが公事師の仕事といっても、齟齬《そご》はない。

「あたしはからだを動かす方がよほど向いていて、掃除なんぞも苦にならない。それに公事宿は、客への気遣いも無用だし。ご飯も寝床も、手前勝手でやってもらう宿だもの」

これにはつい、苦笑がもれた。膳を部屋まで運んだり、布団の上げ下ろしなぞの手間暇を、公事宿は一切かけない。御上の達しで宿賃が低く定められ、その額でやりくりせねばならないからだ。仮に客が良い待遇を求め、宿賃の嵩増《かさま》しを申し出ても、応じれば咎めを受けることになる。

「じゃあ、お奈津さんは、やっぱりお嫁に行くの？　縁談なぞも、来ているのでしょ？」

「そりゃあ、お嫁にはもちろん。でも、いつも言ってるでしょ。縁談ではなく、あたしが望んだお相手のところに嫁ぐって」

　奈津はちょうど、縁談が舞い込む年頃だが、相手は自分で決めると公言している。母の桐もまた、自身が七度の結婚と離縁を経ているだけに、その辺は頓着がない。

「まあ、駄目だったら、さっさと離縁して、別のところに嫁げばいいさ。もちろん離縁は、狸穴屋《うち》が引き受けるからさ」

「離縁するつもりなんて、あたしはありません。おっかさんみたく、慌しいのはご免だもの。一生添い遂げられる相手をじっくり探して、落ち着いた暮らしを送るんですう」

　この手の他愛のないやりとりは、親子のあいだでしょっちゅう交わされる。

「たしか、仏師の職人さんと、親しい仲だときいたけど」

「いやあね、それは去年の話。いまの相手は桶師なの。といっても、まだふたりで出掛けたことすらなくて、今度、縁日に誘ってみるつもりなの」

「お相手探しとなると、お奈津さんはたくましいわね」

「あたりまえでしょ、一生がかかっているのだもの」

奈津とのざっかけない会話は、良い気分転換になり、おかげでその後の書き物が捗《はかど》って、昼までに目処《めど》がついた。奈津と花爺と三人で昼餉を食し、その折にふたりに伝えた。

「根岸まで使いを頼まれていて、先に行ってきます。もしも急ぎのお客さまなら、いつものとおり、言伝《ことづて》はお隣にと」

両隣も公事宿であり、繁忙期は留守番役を置くことすらままならない。公事の客なら、用件を承るにも相応の学が必要で、花爺や奈津では覚束《おぼつか》ないこともある。近所の宿同士が互助するのは、暗黙の了解だった。

念のため両隣にもしばしの留守を告げ、客先に届ける状を懐に納めて、絵乃は店を出た。

「そういえば、車坂町ってたしか、この辺りのはずよね」

根岸への使いを終えた帰り道、上野山下にあたる下谷広小路を歩きながら独《ひと》り言《ご》ちた。

以前、この界隈に住まう客の許へ、何度か通ったことがあり、下谷車坂町の場所も覚えている。

「お笠さんに、一言伝えておこうかしら。女将さんが、案じていたって……」

昨日、絵乃が告げたとおり、桐はすぐには駆けつけられないものの、気にしていたと伝えれば、少しは安堵できるかもしれない。

道を一、二本逸れるものの、さほどの遠回りでもなく、絵乃は下谷広小路を過ぎると東に曲がり、下谷車坂町を目指した。町内で人にたずねて、さほど苦労せず初瀬屋に辿り着く。暖簾《のれん》をくぐり、宿の女中に頼むと、待つほどもなく内儀の笠が現れた。

「おや、あんたは、お桐のところの……」

「急にお訪ねして、すみません。近くまで来たもので……小ざっぱりとした、いいお宿ですね」

決して世辞ではなく、掃除が行き届き、建具や畳も手入れや張替えがなされていると、一目でわかる。そう告げると、どちらかと言えばきつい顔立ちながら、笠の表情がわずかに弛《ゆる》んだ。

奉公人にはきかれたくないのか、内儀は宿の外に絵乃を連れ出した。

「やはりすぐにとは参りませんが、からだが空きしだい必ずと、女将は申しておりました。お笠さんのことも、たいそう案じておいでです」

状況は変わらぬものの、多少の慰めにはなったのか、ありがとうよ、と微笑んだ。

「あたしの取り越し苦労なら、それに越したことはないんだがね」

ほうっと笠がため息をついたとき、宿の内から三人連れの客が出てきた。

「山縣屋《やまがたや》さま、これからお出掛けですか?」と、笠が愛想よく声をかける。

「ああ、商売のことでね、人に会ってくるよ。夕餉は出先で済ませるから要らないよ」

「さようでしたね、女中を通して伺っております。ちなみに、夕餉はどちらで?」

「店は向こうに任せているから、わからないがね。良い料理屋に、席を設けてあるそうだ」

どこやらの城下から江戸に出てきた、商人と思われる。言葉を交わしているのが主人で、おつきのふたりは手代であろう。

「それは楽しみでございますね。お気をつけて、いってらっしゃいまし」

ていねいに腰を折り、客を送り出す。しかし顔を上げた笠は、遠ざかる三人の背中を、睨むようにいつまでも見詰めている。

「もしや、お笠さんの気掛かりは、あのお三方ですか？」

「え？　ああ、いや……あのお客さまには、腹積もりはないはずだ」

曖昧に濁したものの、絵乃は言葉の含みに気がついた。

「には、ということは、あのご主人ではなく、あの方に関わるどなたかということですか？」

小さな棘でも刺さったように、かすかに顔をゆがめた。その表情が、思いのほか痛そうに見えて、絵乃は言わずにはおれなかった。

「何か、手伝えることはありませんか？　女将さんほど頼りにはなりませんが、あたしでもお役に立てるかもしれません」

躊躇《ためら》うように間があいたものの、笠は決心したように小声で告げた。

「あのお客の後を、つけてくれないかい？　どこで誰に会うのか、確かめたいんだ」

突拍子もない頼みに、心中では驚いたが、絵乃は顔に出さずにうなずいた。

「これから会うお相手というのが、お笠さんの気掛かりなのですか？」

「もしかしたら、相手は日賀蔵《ひがぞう》という男かもしれない。もう何十年も会っちゃいないし、名も違えているかもしれないがね」

日賀蔵という男は、そもそも笠とどういう関わりがあるのか。問い質したかったが、すでに三人連れはだいぶ先まで行ってしまった。神田川の方角へ向かっており、さほど急ぎ足ではないからまだ追えるが、ぐずぐずしてはいられない。

「女の足じゃ限りもあろうし、追えるところまででいい。決して無理をせず、危ない真似もしちゃいけないよ」

わかりましたと短くこたえ、行こうとした絵乃に、笠はもうひとつ忠告を与えた。

「あんたが公事宿の者だと、決して明かしちゃいけないよ。いいね？」

真剣な表情に、心得ました、とこたえて、絵乃は身を翻《ひるがえ》して駆け出した。

初瀬屋を出て一町ほど小走りすると、三人連れの背中が近づいた。息を整えながら、ほどよい距離をとり、後ろを歩く。辻を曲がる前に追いついたのは、幸いだった。

山縣屋という客は、下谷車坂町から南へ行き、右にある大名屋敷が途切れたところで、道を折れて東に向かった。行先が大川の対岸であれば、さすがに遠い。こちら側でありますようにと祈りながら、ひたすら後を追う。

南北に走る下谷練塀《ねりべい》小路を過ぎて、御徒町《おかちまち》通りに至り、ふたたび角を南に曲がり、神田川に架かる和泉橋を渡った。渡った先は北神田界隈で、馬喰町からもそう遠くない。これならもうしばらく追えそうだと、心の中で安堵がわいた。

切羽詰まった笠のようすから、つい分不相応な頼みを引き受けてしまったが、橋を渡った辺りから、いまさらながらに心細い思いがわいた。

いつもなら隣には、桐や椋郎がいてくれる。このさい、奈津や花爺でも構わない。人の後をこっそり尾《つ》けるなぞ、決して褒められる行為ではない。たったひとりで後ろ暗い真似をしていることが、しだいに辛くなってきた。

無理をするなと、笠も言った。いい加減のところで、やめにしようか。

迷いが大きくふくらんだとき、山縣屋の主人が、片手を上げた。待ち合わせの相手を、見つけたようだ。

和泉橋を渡った先は、武家屋敷がいくつか立ち並んでいるが、この界隈はひときわ町屋が多い。山縣屋は川沿いを東へ行き、一軒の茶店の前で止まった。待ち人が茶店の前で出迎えて、中へと誘う。絵乃は橋を渡りながら、そのようすに目を凝らした。

馬喰町からもそう遠くないだけに、入ったことはないが、茶店の前を何度か通ったことがある。狭い店内に床几《しょうぎ》を並べ、茶や団子を出すありきたりな茶店で、夏冬を問わず戸を開け放しているから、外からもよく見える。暖かい時期は、結構繁盛しているのだが、真冬だけにすいており、他には近所の女房らしきふたり連れがいるだけだ。

山縣屋の三人と男は、風を避けるためか、奥の方に向かい合わせに腰を落ち着けた。

外から覗きながら、どうしようかと二の足を踏んでいたが、茶汲女《ちゃくみおんな》から声がかかる。

「いらっしゃいまし！　おひとりさまですか？」

立ち去るのも具合が悪く、曖昧にうなずいて中に入り、四人からは床几二台ほど間をおいて、背中を向ける格好で座った。お茶と団子を一皿頼んで、背中の側に聞き耳を立てる。

山縣屋の主人と、ひととおりの挨拶を交わしてから、相手の男が言った。

「江戸に来て、かれこれ五日が経ちますが、初瀬屋の居心地はいかがです？」

いきなり初瀬屋の名を出されて、どきりとした。ちょうど茶と団子が運ばれてきて、ひとまず熱い茶をひと口含み、気を落ち着かせる。

「いやあ、あんたの勧めだけあって、申し分のない宿だよ。座敷もきれいで、朝夕の膳も気が利いている。世話も行き届いていてね、主人夫婦も親切だ」

「それはようございました。お勧めした甲斐があるってもんでさ」

山縣屋と年嵩の手代は、壁を背にして川が見える場所に席を占め、もうひとりの手代と男は、その向かい側に座っていた。絵乃からは、男の顔はわからない。

ただ、声はわずかにしゃがれていて、壮年と思われる。また、山縣屋の話しぶりには、わずかながら他国の響きが交じる。対して男は、歯切れのいい江戸っ子口調で、おそらく生まれ育ちはこの地であろう。

「それで、肝心の公事の方は、どうだね？　首尾よく運んでいるのかい？」

目の前の神田川から、川風がいきなり吹きつけたように、首筋がぞくりとした。

「旦那、その話は場所を変えて、じっくりと。この近くに、鮟鱇《あんこう》鍋の美味い店がございましてね、これからご案内いたします」

それは楽しみだ、と山縣屋が弾んだ調子で応じる。

神田界隈は立て込んでいるだけに、お上《のぼ》りでは店に辿り着くことすら難しい。わざわざ神田川沿いの茶店で待ち合わせたのは、そのためであろう。

とはいえ、ここから下谷車坂町までは、さほどの道程ではない。初瀬屋を紹介したのなら、宿まで迎えにきてもいいはずだ。内儀の笠とは見知りでありながら、顔を合わせたくないということか――。

あれこれ考えているうちに、背中の客が立ち上がった。ありがとうございました！　との声に見送られ、山縣屋の三人が店の外に出た。男も勘定を済ませてから、絵乃の脇を過ぎて外へ向かう。

「あの！　もしや……日賀蔵さんではありませんか？」

自分の声に、誰よりも絵乃自身が驚いていた。このまま料理屋に移られては、確かめようがない。焦った挙句に、うっかり呼び止めてしまった。

男の背中が一瞬かたまり、こちらをふり向いた。その顔に、絵乃は心底ぞっとした。

丸顔の糸目で、背丈は人並み。笑えば、愛嬌がありそうな顔立ちながら、糸のような目が、仇《かたき》にでも会ったように、こちらを睨みつけている。

黙っているとその眼力に殺されそうで、絵乃は懸命に言葉の矢を放った。

「む、昔……近所に住んでいた、日賀蔵おじさんに似ていたから……」

男の歳は、桐や笠と同じくらいだと見当をつけ、必死に言い訳を試みる。男は何も応えなかったが、そのとき、外から呑気な声がかかった。

「おおい、弓蔵《ゆみぞう》さん、どうしたね？」

その瞬間、弓蔵と呼ばれた男は、まるで般若《はんにや》から翁《おきな》に面を替えるように、がらりと表情を変えた。糸目を横に伸ばすようにして、絵乃に人懐こい笑顔を向ける。

「どうやら、人違いのようですね。では、ご免なすって」

先刻、睨まれたときよりも、その笑顔の方が不気味に思えた。

三人を連れて男が店先を立ち去るまで、絵乃は息をすることさえ忘れていた。

証しの騙し絵

「日賀蔵《ひがぞう》だって？　本当にあの男に会ったのかい？」

その名をきいたとたん、桐《きり》は顔色を変えて、絵乃《えの》に詰め寄った。

「弓蔵《ゆみぞう》と名乗っていましたが、おそらく……あたしはご当人の顔を知りませんから、確かとは言えませんが」

丸顔で糸目、背丈は人並み。男の顔立ちや背格好を伝え、何よりも日賀蔵と呼んだとき、仇《かたき》を見るように睨まれたと桐に語った。

「おそらく、日賀蔵に間違いないね」

絵乃からつぶさに話を引き出して、桐は最後に大きなため息をついた。

「日賀蔵って、誰でやすかい？」

「お笠さんの、元のご亭主だよ」

首を傾げた椋郎《むくろう》に、むっつりとした顔でこたえたのは舞蔵《まいぞう》だった。

笠《かさ》は桐の古い馴染みで、若い頃は公事宿《くじやど》の女房として馬喰町《ばくろちょう》に住んでいた。その亭主の名が、日賀蔵だという。

「元のご亭主って、たしか仲間株をとり上げられて、所払《ところばら》いになったという?」

「椋さんも、知っているの?」

「話だけな。お笠さんはたまに、女将《おかみ》さんを訪ねてきなすったから」

桐と舞蔵は、日賀蔵の顔を知っており、椋郎《むくろう》もまた事情に通じているようだ。

「それで、お笠には知らせたのかい?」

いいえ、と絵乃はうつむいた。得体の知れぬ男に戸惑い、逃げるように『狸穴屋《まみあなや》』に戻った。そして帰る早々、公事《くじ》の相談に来た客の相手をしているうちに、夜になってしまった。

『初瀬屋《はつせや》』で待つお笠さんのもとへ、一刻も早く知らせるべきだと、わかってはいたのですが……」

「いや、相手が日賀蔵だと告げたところで、お笠の憂いは拭えない。むしろいや増すばかりだからね」

桐の言いように、舞蔵が顔をしかめた。

「何やら、気味が悪いねえ。お笠さんの旅籠《はたご》に客を寄越しておきながら、こそこそと陰で動いているなんて」

「初瀬屋に、何か仕掛けるつもりですかね?」と、椋郎も桐に、案じ顔を向ける。

「かもしれないが、いまのところ、とんと見当がつかないね」

相手の出方を待つしかないが、手をこまねいているのはもどかしい。

「あたしやっぱり、明日にでも、お笠さんに知らせてきます。事情《いきさつ》なぞも、もっと詳しく伺いたいし」

そもそも『山縣屋《やまがたや》』と日賀蔵の関わりを、笠はどこで知ったのか？　その辺りも確かめたい。

絵乃が勇んで申し出ると、椋郎もまた助力を買って出る。

「山縣屋と日賀蔵が向かったのは、和泉橋から南の方角だったな？　あの近くで鮟鱇《あんこう》鍋の美味い店というと、おそらく松枝町《まつがえちよう》の『竹本《たけもと》』だ」

客のお供で二度ほど行ったことがあり、たまたま同じ仲居の給仕を受けたという。

「あの仲居なら、話をきけそうだ。日賀蔵について、たずねてみるよ」

仕事の帰りに、竹本に寄ってみると、椋郎は請け合った。

「あたしも、二、三日は無理だが……そのうち暇を工面して、初瀬屋に行ってみるよ。どのみち明日から、お志賀《しが》が助っ人に来てくれるからね」

「お志賀がいれば、女将さんも少しは楽になりますね」

桐に向かって、舞蔵がうなずく。志賀は武家に嫁いだことで店を辞めたが、もとは狸穴屋の手代《てだい》であった。

翌朝、常のとおり三人が出掛けていき、子供が手習所に行く頃になると、約束どおり志賀がやってきた。

「お志賀さん、一時ほどで戻りますから、すみませんが、しばらくお願いします」

身なりは武家の妻女ながら、気取ったところがない。

あいよ、と志賀は、気楽な調子で絵乃を送り出した。


「そうかい、やっぱり日賀蔵は、江戸に戻っていたのかい」

笠は呟いたきり、しばし押し黙った。下谷車坂町《したやくるまざかまち》の初瀬屋に赴き、絵乃は昨日の仔細を笠に告げた。笠は日賀蔵と別れてから、いまの亭主と一緒になり、ともにこの旅籠を営んでいる。

「日賀蔵さんのことを、どこで知ったのか。よければ、きかせてもらえませんか？」

すでに早発ちの客を送り出し、逗留客も朝餉《あさげ》を済ませた頃合ながら、笠は旅籠の内儀《おかみ》として気忙《きぜわ》しい身だ。初瀬屋から少し離れた辻で、立ち話をした。

「あたしの妹がね、日賀蔵を見掛けたと教えてくれたんだ」

見掛けた場所は向島で、駕籠に乗り込む三人連れを、見送っていたという。姉との離縁の経《いき》緯《さつ》も、妹は当然承知している。声をかけることはしなかったが、客が駕籠舁《かき》に命じた行先を耳にした。

「下谷車坂町の初瀬屋までと、たしかにそう言ったそうだ」

「つまりその客が、あの山縣屋のお三方というわけですね？」

何十年ぶりかで義理の兄だった男を見掛け、しかも一緒にいた者たちが、姉の旅籠に逗留している。妹は気になって、翌日、姉に知らせに来た。

「他に三人連れの商人客はいなかったから、すぐに山縣屋さんに思い当たった」

「先方には、おたずねしたのですか？」

「ああ、たしかに向島の料理屋にいたと、話してくれた。ただ、一緒にいたのが誰なのか、そこまでは確かめられなくてね。用向きについても、商いの相談としか、きかされちゃいないんだ」

日賀蔵には、何か意図があるのだろうか？　妹の来訪から二日のあいだ、あれこれと考え続けたが埒《らち》が明かない。気掛かりはふくらむ一方で、三日目に我慢ができず、桐を訪ねてきたようだ。

「決して良い別れ方を、したわけではないからね。あたしは恨まれていても仕方ないけど」

日賀蔵が受けた刑は所払い、つまり馬喰町からの追放である。江戸所払いではないから、江戸に留まることもできたが、日賀蔵は公事稼業を続けたいと望み、江戸を出て新たな土地でやり直すことにした。そして一緒についてきてほしいと女房に頼んだが、笠はこれを拒んだ。

「あたしは江戸を出るつもりもなかったし、何よりも公事に関わるのはご免だと突っぱねて、離縁を乞うた」

「日賀蔵さんは、承知なすったんですか？」

「ああ、公事には嫌気がさしたと、さんざっぱら悪態をついて、ようやくね。公事宿の娘たる女房が、それほど公事を嫌っていたなんて、前の亭主にはよほど意外に思えたんだろうね。半ばぽかんとして、それから悲しそうな顔で、離縁を承知した」

笠はそれまで、公事宿の女房たる役目を果たすため、決して公事への嫌悪を出さなかった。そのとき初めて知らされて、少なからず気落ちしたに違いない。

「あの顔が、忘れられなくて……悪いことをしたと、いまでも悔いが残っていてね」

日賀蔵の名を呼んだとき、恐ろし気な顔で睨まれた。思い出すと、ざわりと寒気を催す。やはり日賀蔵は、復讐めいた思いを、抱えているのだろうか？　元妻の笠に向けてか、あるいは、自身を裏切り、いわば役人に売り渡した、馬喰町の公事宿仲間に対してか――。

「お笠さん、もしも向こうが何か仕掛けてきても、狸穴屋は必ず力になります。だから、あまり考え過ぎないようにと、女将さんからの言伝《ことづて》です」

「ありがとうよ。忙しい最中すまないね」

絵乃の気休めに、笠は作り笑いを返したが、思いついたように調子を変えた。

「ああ、そうだ。せめてもの礼に土産をね。たいしたものじゃないが、桐に渡しておくれ」

いったん旅籠に戻った笠は、絵乃に竹皮の包みを託した。

「お疲れさまでした。ずいぶんと遅くまでかかったのですね」

その日の晩、いちばん遅くに戻ってきたのは椋郎だった。

「ああ、ちょいと寄り道をしちまってな。女将さんと番頭さんは？」

「おふたりはすでに戻られて、ちょうど夕餉を。いつもの茶漬けですが、今日はちょっと奢ってますよ」

繁忙期となると、夕餉の席に皆が揃うことはほとんどなく、茶漬けなどで簡単に済ませるのが常だった。

「お笠さんに、椎茸の佃煮をいただいて。初瀬屋では茶漬けに載せて、お客に出しているそうです。甘辛くて、ご飯が進みますよ」

「へえ、佃煮の椎茸とはめずらしいな。上方には多いときいたが、そいつは楽しみだ」

椋郎も大いに気に入ったらしく、茶漬けをお代わりしたが、飯を終えると桐に言った。

「女将さん、ちょいといいですかい。お笠さんの件で、例の鮟鱇鍋の店に行ってみたんでやすが」

「何かわかったのかい？」

「いや、店ではたいしたことは拾えやせんでしたが。ひとつだけ、気になる名を耳にして」

日賀蔵と山縣屋一行と思しき客は、たしかに店に来ていたようだ。椋郎と見知りの仲居は、それらしき客がいたことは覚えていたが、あいにくと座敷の係は別の仲居だった。

「どうやら人払いされちまったようで、その仲居も話の中身はまったくきいていやせん。ただ、四人の客が来てから、少し時を置いて、もうひとり現れたと。その五人目が店の常連で、座敷を取った客だそうで」

「その客の名は？」

「蘆戸屋《あしどや》徒兵衛《かちべえ》です」

え、と桐が驚いた顔をする。番頭の舞蔵もまた知っているのか、にわかに顔を曇らせる。

「皆さんが、ご存じということは……もしや、公事師ですか？」

絵乃の推量に、椋郎がうなずいた。

「ああ、八拾弐軒組の中では、公事巧者《こうしゃ》で知られているが」

八拾弐軒組百姓宿は、馬喰町小伝馬町組旅人宿《りょじん》に次ぐ、江戸で二番目に大きな公事宿の株仲間であり、勘定奉行所との繋がりが強い。椋郎の後を、舞蔵が引きとる。

「まあ、公事師としちゃ腕っこきと言えるだろうね。抜け目がなく、手際もいい。ただ、悪い噂も絶えなくてね。『蘆戸屋』はことに内済《ないさい》を得手としているが、そのやり方がどうもね」

「やり方、と言いますと？」

「相手方の公事師と通じて、なあなあで事を収める。それもまた、公事師としちゃ悪くないやりようだが、阿漕《あこぎ》が過ぎるとの噂があってね」

いったん公事として相手方を訴えるものの、最後まで争うことなく、ほどほどのところで手打ちとする。これを内済という。御上《おかみ》も内済を是として推奨しているが、蘆戸屋においては、この内済に裏がある。

「蘆戸屋の相手方となるのは、ほとんどが八拾弐軒組内の決まった公事宿なんだ。都合、十軒ほどはあるが、いつも同じ顔触れでね」

「馴染みの公事師同士ですんなり収めるなら、客にとっても助かるだろうが、蘆戸屋はその辺が阿漕でな。体良《てい》くほどほど引き延ばして、そのぶん公事料をふんだくるときいた」

舞蔵と椋郎が、蘆戸屋についててんでに語る。傍らでしばし考え込んでいた桐が、顔を上げた。

「日賀蔵はもしかしたら、影の手代として、蘆戸屋で働いているのかもしれないね」

「影の手代って、どういうことですか?」と、絵乃がたずねる。

御上に仲間株をとり上げられた以上、少なくとも江戸では、表立って公事師を名乗れない。それでも日賀蔵には、公事の腕がある。いつからかはわからないが江戸に舞い戻り、弓蔵という名で蘆戸屋に雇われたとしてもおかしくない。

「お絵乃、山縣屋という客については、在所や商いなぞ、お笠から何かきいてるかい?」

「下総《しもうさ》佐倉《さくら》城下の、干鰯《ほしか》問屋《どんや》だそうです」と、絵乃がこたえる。

上総《かずさ》から下総にまたがる九十九里浜では、金肥《きんぴ》とされる干鰯の生産が盛んであった。

桐は少し考えて、己の推量を述べた。

「何十年経っていようと、評定所《ひょうじょうしょ》や奉行所内では、昔の馴染みに出くわす羽目になる。だが、田舎廻りの公事師なら、その心配もなかろうからね」

狸穴屋は離縁を多くあつかうだけに、客の七割方は江戸の町人が占める。しかし宿を名乗るだけに、大方の公事宿の客は地方からやってくる。本来はその土地に出向いて、事実を確かめたり、あるいは訴訟人に付き添ったりといった仕事も、公事宿の範疇だ。

ただし実際は、狸穴屋のように小体《こてい》な公事宿が多く、そこまで手がまわらない。それぞれの組仲間の息のかかった、城下町の公事宿などに代理を頼むことがほとんどだ。

佐倉城下なら、八拾弐軒組と繋がる公事宿もあろうし、その宿が蘆戸屋と懇意にしていてもおかしくない。仮に江戸の公事宿の者が、佐倉まで迎えにいき、道中から江戸市中まで案内すれば、田舎出の客にとって、これ以上の親切はない。

「公事師の肝は、客の信用を得ることだ。信用が大きければ、それだけ財布の紐も弛《ゆる》むからね」

「日賀蔵さんはそのために、田舎廻りをもっぱらとする公事師をしていると?」

「あたしの当てずっぽうに過ぎないがね、そんなところじゃないのかね」

絵乃に向かって、桐はそう結論づけた。

「それなら、特に心配は要りやせんかね？　蘆戸屋が多少阿漕でも、他所の組が口を出す話じゃねえし」

「あんたを睨んだのも、昔の名を出されて、きまりが悪かっただけかもしれないね」

椋郎に続き、舞蔵も納得がいったようにうなずいた。

たしかに、そうかもしれない。とうに捨てた名を口にされて、戸惑ったとも考えられる。

「でも、だったらどうして、山縣屋のお三方を初瀬屋に？　蘆戸屋に泊めるのが、筋ではありませんか？」

「それっぱかりは、あたしにもわからなくてね」と、桐が首をひねる。

「この時分でやすから、蘆戸屋がいっぱいで、他の宿を宛がったとか？」

「案外、前の女房への、親切のつもりかね？　あるいは、お笠さんの営む旅籠がどんなものか気になっていたが、自ら出向くわけにもいかず、客を寄越したとかそのあたりかね」

三人が三様の見当を、口にする。絵乃もその場では得心がいったものの、小さな引っ掛かりが残った。一晩を経て翌朝になると、そのしこりがまたふくらむ。

絵乃を睨みつけた日賀蔵のあの顔が、頭の中から消えてくれず、気掛かりとなっていた。

三人が出掛けてから、今日も志賀が助っ人に来てくれた。笠のことは、志賀も知っている。昨日の話を伝え、つい本音も打ち明けた。

「その話からすると、山縣屋は公事のために、江戸に出てきたってことになる。いったい何の公事だろうね？」

「あたしも実は、そこがいちばん知りたくて」

山縣屋が抱える公事が、初瀬屋にも笠にも関わりないとわかれば、安堵の材になろう。

「ひとつ、うちの殿さまに、きいてみようかね」

「櫓木《やぐらぎ》さまにですか？　でも、それはまずいのでは……評定所書役《かきやく》としてのお立場がありますし。評定の仔細を外に漏らしたとなれば、お咎《とが》めすらあり得ます」

志賀の夫、櫓木啓《けい》五《ご》郎《ろう》は評定所書役を務めている。公事を厳密にあつかうことは、役人には当然の義務であろう。しかし志賀は、さらりと言った。

「外じゃあなく、内なら構わないだろ？」

内外とは何のたとえかと、絵乃は首をかしげる。

「内といえば、妻じゃないか。妻のあたしが、山縣屋の公事を気にかけている。相手方はどなたで、どんな公事だろうか？　気に病んで夜も眠れない、となれば、夫婦の寝物語にちらりと漏らすかもしれない」

「まあ、お志賀さんたら」

「どのみち公事ってぐらいだから、公の訴には違いない。相手方やあつかう公事宿なら、秘する謂《いわ》れもないからね」

志賀は本気らしく、数日の猶予をくれと絵乃に告げた。

「でも、どうしてそこまで？　やはり、お笠さんのためですか？」

「ためと言われれば、そうかもしれない。とはいえ、あたしもさほど親しくはないよ」

笠はあくまで桐の馴染みであり、深い話なぞしたことがないと志賀が語る。

「ただ、あたしもあの人も、公事師の娘だろ？　放っておけないのは、そのためかね」

いまさらながらに思い出した。志賀の父親は、公事師だときいている。公事宿ではないから、おそらくもぐりの公事師であろう。公許とされるのは、公事宿の株をもつ者だけで、公事師といえば無許可の者をさすほどだ。

とはいえ、求める者がいれば、どんな商売も成り立つのが道理。公許の遊郭たる吉原以外にも、巷《ちまた》に数多《あまた》の色街があふれているのがその証《あか》しだ。公事は必ず御上の手を通るものだけに、色街ほど好き勝手はできないが、単に株をもたないとの理由だけで、直ちに処断されるわけではない。

「生まれは似たような立場でも、あたしは公事師になって、お笠さんは公事を毛嫌いしている。むろん前のご亭主のこともあろうがね、同じ生まれでも逆の道を行ったってのが、妙に心にかかってね」

懸命に忌避《きひ》しながらも、公事師に対する強いこだわりは、笠の中に根差している。志賀からすれば、同類の縁者のように思えるのかもしれない。

数日後、志賀は山縣屋の公事について、あらましを摑んできた。

「お志賀さんからきいたとおり、山縣屋と争っているのは『和縣屋《わがたや》』でした」

椋郎が桐の前でそのように報告し、舞蔵と絵乃も脇に控えている。

和縣屋の名を伝えたのは志賀であり、それをもとに椋郎が仔細を調べてきたのだ。

和縣屋はいわば、山縣屋の江戸店《だな》にあたり、商い物も同じ干鰯である。しかし今回、訴えた側の「訴訟方」は和縣屋の方であり、訴えられた「相手方」が山縣屋だった。

「江戸店が本店を訴えるなんて、何やら本末がひっくり返ったように、あたしなんぞには思えるがね」と、舞蔵は面白くない口ぶりだ。

「訴えの大筋は、何なんだい？」と、桐が問う。

「和縣屋は江戸店とはいえ、本店との繋がりは仕入れのみで、売上や勘定は本店とは別なんでさ」

いわば独立採算を旨としており、江戸店の開店からすでに百年を経ている。山縣屋の支店ではなく、和縣屋として独り立ちしたい——。それが訴訟の、主旨であるという。

「妙な訴えだねえ。きいたかぎりじゃ、和縣屋に勝ち目はなさそうじゃないか」

「それがちょいと、裏があるんでさ。独り立ちはあくまで表向き、真の目当てはおそらく、百年前の借金の棒引きでさ」

「百年前というと……もしや開店の折の費《つい》えですか？」

当たりだと、絵乃に向かってにかりと笑う。江戸店の開店資金は、およそ四百両。山縣屋から和縣屋へ貸し付けた。和縣屋は百両ほどを返済し、また利息も支払っているものの、まだ三百両が残っている。

「山縣屋は、それを返せと求めたのですか？」

「いんや、これまでどおり利足《りそく》さえ払えば、騒ぐつもりはないと」

「だったらむしろ、山縣屋のもとにいた方が、和縣屋にとっても良いのでは？」

椋郎も同じ疑問に至り、前に離縁の世話をした、さる干鰯問屋の主人に、和縣屋についてたずねてみたという。

「和縣屋を差配するのは、店支配方の鞘兵衛《さやべえ》だ。七年前に支配方に就いたが、これが阿漕なまでに利に聡《さと》い男でな。儲けを増やすために、おそらく干鰯から、最近はやりの鰊粕《にしんかす》への鞍替えを目論んでいるんじゃねえかと、その旦那の読みだ」

鰊粕は、干鰯を上回る金肥として、近頃、干鰯問屋の界隈では噂になっているという。ただし生産地が蝦夷《えぞ》に限られるために、入手が難しく、また仕入れの量も不安定だ。手堅い商人は手を出さないが、鞘兵衛は、北陸の商家を通して入手路に目星がついたと、組合の会合でそんな話をしていたという。

「それで本店とは、手を切りたいというわけだね」と、桐が納得する。

だが、三百両の借金ばかりは、如何《いかん》ともしがたい。訴えを起こせば、内済を通して減らせるかもしれないと、和縣屋はいわば賭けに出たのだ。すべて棒引きにはならずとも、百両でも減じれば、和縣屋の勝ちだ。

「たしか和縣屋の後ろ盾は、八拾弐軒組の『久松屋《ひさまつや》』だったね？」

「へい、蘆戸屋とは昵懇《じっこん》の間柄で。双方が合力して説き伏せれば、百両や百五十両の棒引きも、ありり得るかもしれやせん」

「で、その幾ばくかが、蘆戸屋と久松屋に渡るってわけかい。汚いにも程があるね」

桐が苦虫を嚙み潰したような顔で、吐き捨てる。

二軒の公事宿と江戸店の主が手を組んで、三方から山縣屋を籠絡《ろうらく》せんとする図が浮かび、絵乃もたまらない気持ちになった。山縣屋の主人は、いかにも人の好さそうな御仁だった。そういう善人にかぎって、あくどい者の餌食になるのもまた、世の慣いと言える。

ただ、やはり肝心のことがわからない。日賀蔵が、山縣屋に初瀬屋を紹介したその訳だ。

――初瀬屋の居心地はいかがです？

――いやあ、あんたの勧めだけあって、申し分のない宿だよ。

日賀蔵と山縣屋の主人のやりとりが、思い起こされる。初瀬屋の内儀が笠であることを、知った上での口ぶりときこえた。

「で、どうしやす、女将さん？　蘆戸屋と久松屋の企みはともかく、他所の公事に口を出すわけにもいきやせんし」

「そうだねえ、日賀蔵の腹ばかりは読めないが、お笠に難儀がおよぶことはなさそうだ……明日、初瀬屋に行って、お笠にはひとまずそう伝えるよ」

日を置いてしまったが、ようやくからだがあいた桐は、翌日、笠に会いにいった。

笠の依頼はひとまずは片付き、しばらくは何事もなく日が過ぎた。

しかしひと月近くを経た師走《しわす》半ば、まったく了見外の客が狸穴屋を訪れた。

「山縣屋紀之左衛門《きのざえもん》と申します。こちらさまに、ぜひともお頼みしたい公事がございます」

背後に控える、お供ふたりの顔ぶれも変わっていない。

以前、絵乃がこっそり後を尾《つ》けた、山縣屋の主人に相違なかった。


「では、訴える相手方は、和縣屋の店支配方、鞘兵衛さまということですね？」

桐が念を押すと、確固たる決意を示すように、紀之左衛門は厳しい面持ちでうなずいた。

「和縣屋の一本立ちを承知させられ、借金の半額、百五十両を踏み倒された上、残りはなんと無利足の百年賦と相成りました」

「残金百五十両を、百年掛かりで返すと？　それではまるで、棄捐令《きえんれい》ではないですか」

桐が呆れた顔をする。かつて御改革で出された棄捐令は、武士を救済するために、札差《ふださし》や商人に対し、借金の帳消しや繰延べを達した法である。五十年百年といった途方もない繰延べや無利足も、実際に行われたと巷では噂された。

「和縣屋とは、先の公事で内済に至ったそうですが、何故そのような無体なやりようを承知なさったのですか？」

「いまさらですが、あのときはあたしもどうかしていた。公事宿の衆からあれこれと吹き込まれ、山縣屋にとっても損はないと思い込まされた。支配方たる鞘兵衛の涙ながらの訴えにもほだされ、旅立つ我が子へ餞《はなむけ》を贈るような気持ちになりました」

やはり危惧していたとおり、蘆戸屋と久松屋、両公事宿は、奸計《かんけい》を駆使して紀之左衛門を籠絡した。

支店の独り立ちは、いまや江戸ではめずらしいことではない。独立を果たした江戸店は、大方が目覚ましく売上を伸ばしている。本店にとっても決して損にはならず、むしろたくましくなった江戸店は、荷車の両輪のごとく、いま以上に大きな荷を担うことが叶う。

百年間、少しも目減りすることのなかった残る三百両の借財も、負担を軽くした上で、わずかずつでも毎月支払ってもらう方が、結局は山縣屋の利になるはずだ——。

笑顔と追従《ついしょう》の衣でまんべんなく覆った美辞麗句は、もはや騙《かた》りに等しい。

「せめて手代たちの言うとおり、いったん国許に戻って、番頭や親類に相談すればよかったのですが……何とか年内に目鼻をつけて、正月から新たな気持ちで励みたいと、鞘兵衛からせっつかれ」

内済の証文に判を押してしまったと、うなだれる。

「あたしの甘さが招いたとはいえ、借金や独り立ちは、まだいいのです。山縣屋としては、痛みはあれど深刻な傷ではありません。ですが先日、鞘兵衛からこの書状が送られてきて」

桐が受けとり、書面を検《あらた》める。読み進めるごとに、眉間に寄せたしわが深まる。

「来年から、山縣屋からの仕入れを、一切やめるということですか?」

「さようです。干鰯においては、うちより安値で卸す相州《そうしゆう》の問屋から仕入れると。どのみち今後は、干鰯ではなく鰊粕を商いの芯に据えるつもりだとも」

鰊粕については、前に椋郎が、同業の干鰯問屋の主人からきいたとおりだが、独立して早々、本店からの仕入れの一切をとりやめるとは、そこまでの暴挙は予想していなかった。

「うちの干鰯の七割五分は、和縣屋に納めておりました。やはり江戸は、商いの肝ですから。それをいきなり切られては、山縣屋は立ち行きません！」

抱える干鰯を急いで捌《さば》こうとすれば、足元を見られて買い叩かれるだけだ。新たな納め先を開拓するには、それなりの年月がかかる。鞘兵衛も当然、わかっているはずだ。

「相州の問屋より安い値をつけるなら、引きとってやっても構わないと……あの権高《けんだか》な物言いだけは、どうにも我慢ができず……」

温厚を絵に描いたような紀之左衛門が、そのときばかりは腹の底から怒りを吐露する。

「お願いします！　どうか鞘兵衛を訴える公事に、力をお貸しください！」

ふたりの手代とともに、主人が平伏する。桐はひとまず頭を上げさせて、ひとつ確かめたいことがあると相手に乞うた。

「どうして狸穴屋《うち》を、訪ねてくださったのですか？　勧めたのは、初瀬屋のお内儀ですか？」

山縣屋一行は、先の公事を終え、いったん下総佐倉に帰国したが、三日前にふたたび江戸入りして、初瀬屋に逗留していると挨拶の折に語った。

「いえ、こちらの宿は、別の方から伺いました。あたしどもの難儀を知って、別の公事宿仲間を頼った方がいいと含められまして」

先の公事は勘定奉行所のあつかいで、当役所と繋がりが深いのは八拾弐軒組百姓宿だ。紀之左衛門も承知していて、いくつか当たってみたが、引き受けてくれる公事宿はなかった。蘆戸屋も久松屋も、八拾弐軒組では顔役の立場にある。体のいい断りの理由を述べたが、同じ仲間内たるあの二軒とは、敵対したくないというのが本音であろう。

「ですが、さる公事宿を訪ねた折に、教えてくれた方がおりまして。馬喰町小伝馬町組旅人宿なら、引き受けてくれる宿もあろう。まずはこちらさまを訪ねてはどうかと、お名を頂戴しました」

「うちを勧めたのは、どなたさまですか？」

「それぱかりはご勘弁を。やはり八拾弐軒組のお仲間ですから、はばかりがあるのでしょう。手前についいては決して明かしてくれるなと、口止めされましたので」

おそらく、日賀蔵ではないか――。

絵乃ばかりでなく、狸穴屋の者たちは、同じ男を頭に思い浮かべたはずだ。

これは、罠だろうか？　かつて馬喰町を追い出された腹いせに、山縣屋を通して、何か仕掛けるつもりなのか。狸穴屋が槍玉に上がったのは、桐と笠のつき合いを知ってのことか。

ただ、桐には迷う理由が、他にもあるようだ。

「公事の裁きに得心がいかぬ場合、いま一度訴を起こすことは、めずらしくはありません。ですが、概《おおむ》ね長きにわたって争うことになります。それでは山縣屋さまにとって、利にはならぬのではないかと」

二年か三年か、あるいはそれ以上か。たとえ勝訴に至ったとしても、山縣屋はそれまでのあいだ、持ち堪えねばならない。公事に費やす金子と労力を、新規客の開拓に当てた方が、商人としては利得があるのではないか。

「いっそ、別の江戸店を設けた方が、よろしいかともお見受けしますが」

桐はそう進言したが、紀之左衛門はきっぱりと言い切った。

「たとえ五年かかろうと十年費やそうと、和縣屋をとり戻します。このたびのことは、主人としての己の不甲斐なさ故。しっかりと片をつけるのが、せめてもの償いと心得ます」

商人の誇りと意地が、その顔には満ちていた。

「山縣屋さまの心意気は、しかと受けとりました。この狸穴屋が、公事をお引き受けいたします」

しゃんと伸びた背中は実に格好よく、こういうときの桐は、何度目にしても惚れ惚れする。絵乃にとっては憧れる姿だが、帳場に座った舞蔵は、やれやれとため息をついた。

「ただでさえ忙しいってのに、どうして女将さんは、こういう面倒ばかり引き受けるかね」

その日の夕刻、帰ってきた椋郎に、絵乃が顚末を明かし、合間に舞蔵のぼやきが入る。桐は娘の奈津とともに、風呂に行っていた。

「おれもその場にいたら、女将さんと同じ返しをしていたろうな。和縣屋のやり口は、おれですら頭にきたからな」

「訴訟方と相手方、双方の公事宿が手を組んで阿漕を働くなんて、あたしも許せません」

「持ちつ持たれつって、言うじゃないか。たしかに褒められたやりようではないがね。いかに速やかに内済させるか、それも公事師の腕だからね」

程度の違いはあれど、蘆戸屋と久松屋のように公事宿同士が手を組むことは、よくあることだと、舞蔵は達観を口にする。

「でもよ、番頭さん、その程ってのが大事じゃねえですかい？　分限というか身の程というか、越えちまったら悪党と変わらねえ」

椋郎の言うとおりだ。公事という技は、悪用する方途がいくらでもある。それを見張り、そして防ぐために、公事宿仲間が作られたのだ。

「まあ、おまえさんたちは、いくらでも正義とやらを振りかざせばいいさ。それが若い者の有り様だからね」

「番頭さん、それを言っちゃ終いでさ」

「だが、それが真《まこと》だよ。世の大方は、正邪が入り混じる灰色でできていると、私くらいになると、いい加減わかってくるってのに、女将さんときたら……」

「女将さんは、わかった上で抗おうとなさる。あたしもいつか、そういう公事師になれたらと思います」

「それこそ、ほどほどにしておくれ」

と、舞蔵は、またぞろため息の数を稼ぐ。ただ、舞蔵の愚痴は、心配の裏返しでもある。二軒の公事宿が、遺漏なく紡いだ網に、山縣屋はかかった格好だ。その網をいかにほどくか、あるいは破ることができるのか。まだとっかかりさえ摑めない。

「ご評定であれば、公事の経緯《いきさつ》なぞも記されていようが、内済となるとねえ。相談の顚末なぞ、いちいち残すはずもないし。何にせよ、証しってもんがないからね」

「証し、ですか……」

対して和縣屋には、ほかならぬ紀之左衛門が判を押した証文がある。この差はやはり歴然で、覆《くつがえ》すとなると至難の業だ。

しかしその折に、まったく見当していなかった者たちが、証しを携えて宿に現れた。

「あら、おふたりは山縣屋さまの……何か、お忘れ物ですか？」

やってきたのは、紀之左衛門が連れていた、ふたりの手代である。ともに二十代と思しき年恰好で、それぞれ木佐太朗《きさたろう》、木佐次朗《じろう》と名乗ったが、実の兄弟であるという。

「実は、公事のお役に立つのではないかと……こちらをお持ちしました」

兄弟はそれぞれ、どっしりと重そうな風呂敷包みを、畳に置いた。中には厚みのある、紙の束が収まっていた。兄の木佐太朗が、絵乃に説く。

「山縣屋と和縣屋が、内済に至るまでのやりとりをすべて、書き記してございます」

「やりとりをすべて……？　まさか、いったいどのように？」

「相談のあいだ、あたしどもは隣の控えの間におりました。隣からきこえるやりとりを、弟と手分けして認《したた》めました」

「主人の紀之左衛門と蘆戸屋の申しようを兄が、鞘兵衛と久松屋はあたしが記しました」

絵乃ばかりでなく、舞蔵と椋郎も、半ば呆気にとられた表情で、紙の束を見下ろす。糸で綴じて帳面にしてあり、それぞれ五、六冊におよぶ。椋郎が兄の、絵乃が弟の書付を、それぞれ手にとって検める。

「すごい……本当に一言一句漏らさずに、書きつけられている」

「これなら、内済に至るようすが、つぶさにわかります」

ふたりの感嘆の眼差しに、兄弟が照れたように苦笑いする。

「ところどころ筆が間に合わず、文句がとんだところもありますが……意は違えてはいないはずです」

「正直、筆を見るのも嫌になるほどでしたが……今度の公事のお役に立ちましょうか？」

「もちろんでさ！　内済の顚末を知るに、これ以上の証しはございやせん」

「この帳があればきっと、山縣屋さまのご無念を晴らせるはずです」

椋郎は太鼓判を押し、絵乃に至っては喜びのあまり、迂闊にも勝訴をほのめかす始末だ。見かねて舞蔵が、横合いから口を挟んだ。

「こちらはたしかに、立派な証しとなりましょうが、ひとつだけ懸念がございます」

「懸念、と言いますと？」

兄弟の顔がくもり、木佐太朗が舞蔵に先を促す。

「書役を果たしたのは、山縣屋の手代たるおふた方です。つまりは、あえてうがった見方をするなら、山縣屋さまに都合のいい弁を、並べることもできましょう」

「あたしどもは決して、そのような真似は……」

気色ばむ木佐次朗を、両手を広げて舞蔵が制する。

「もちろん、わかっておりますとも。ですが、相手方からすれば、でっち上げの口書きだとの申し立てもできますから」

「つまり、証しの証しが、要るってことですかい」

舞蔵の言に得心がいったのか、椋郎が考え込む。

「証しならあります！　証し人と言った方がよろしいのですが……公事師の弓蔵さんです」

「口書きをとるよう、あたしどもに助言《じょごん》したのも、弓蔵さんです！」

え、と狸穴屋の三人が、思わず顔を見合わせる。

「弓蔵って、たしか……」

ええ、と椋郎に向かって、絵乃がうなずく。弓蔵は、日賀蔵のいまの名だ。舞蔵も心得ていて、手代ふたりに念を入れる。

「その弓蔵という者は、公事師と仰《おっしゃ》いましたが……先の公事で山縣屋さまの側に立った、蘆戸屋の手代でしょうか？」

「いいえ、違います。弓蔵さんは、公事宿に奉公しているわけではなく、八拾弐軒組から仕事をもらって、田舎廻りの役目をしていると伺いました」

「では、蘆戸屋の雇いではなく、いわば八拾弐軒組の雑務《ぞうむ》を引き受けていると？」

「はい、そのようです。現に佐倉まで足を運んで、あたしどもを迎えに来てくださって。江戸でも宿の手配りから道案内まで、たいそうお世話になりました」

「公事においても弁《わきま》えを伝授くださり、よくよく気をつけるよう、決してその場で事を収めぬよう、言い含められていたのですが……」

相手の方が一枚上手であったと、兄弟は肩を落とす。

「万一のときのために、すべて書き留めておくようにと、弓蔵さんが申されたのです」

「内済の場には、弓蔵さんも同席しておりました。いざという時は、自身が証し立てをするから、この口書きを狸穴屋さんに見せるようにと」

「狸穴屋に、見せるよう……？」

兄弟の言い回しに引っ掛かりを覚えて、絵乃がいま一度たずねた。

「もしや、二度目の公事を、うちに頼むよう言ったのも、やはり弓蔵さんですか?」

「はい、さようです。弓蔵さんに繋ぎをとれる茶店が、神田にありまして」

その茶店を通して弓蔵を呼び出し、今回の公事について相談したところ、狸穴屋を勧められたという。話をきいて、絵乃が思い出す。

「神田の茶店というと……もしや神田川沿いの、和泉橋のたもとでは?」

「さようです。こちらの方々も、ご存じだったのですね!」

仲間を見つけたかのように、木佐次朗は嬉しそうだが、絵乃は思わず額に手を当てた。

おそらく茶店の者に後をつけさせて、絵乃が狸穴屋の者だと知った上で、今回の公事に巻き込んだのだろう。腹いせか、あるいは信頼か、絵乃にもわからない。

「やられたな。こいつは、いっぱい食わされた」

椋郎もまた、からくりを察したようだが、言葉とは裏腹に満足そうにつぶやいた。


「では、これより、内済のための相談を始めさせていただきます。立会人は私、蘆戸屋徒兵衛が、務めさせていただきます」

師走も押し迫り、大晦日まであと数日、場所は蘆戸屋の二階座敷であった。立会人たる徒兵衛の前には、訴訟方の山縣屋紀之左衛門と、相手方の和縣屋鞘兵衛、さらには双方の公事宿たる、狸穴屋の桐と久松屋が向かい合う。

今日はそのようすを、襖《ふすま》を開けた隣座敷から、見守る傍聴人がいた。

椋郎と絵乃に加え、木佐太朗、木佐次朗の兄弟。蘆戸屋と久松屋からも、それぞれ手代がひとりずつ。そして、弓蔵こと日賀蔵である。

「和縣屋の独り立ちを認めてくださったのは、つい先月ではございませんか。いまさらその約束を反故《ほご》にするとは、いかがなものか」

和縣屋は証文をたてに、いささか居丈高な調子でまくし立てる。

民事である「出入物《でいりもの》」は、訴訟方が訴状をもって相手方を訴え、奉行がこれに裏判を記して、相手方を白洲に召喚《しょうかん》し、返答書を提出させた上で、対決や糺《ただし》を行う。

対決は口頭弁論、糺は審理にあたり、それらを経た上で、奉行が裁許を与える。

内済とは和解のことで、返答書が奉行に受理された後に行われる。いわば対決を当人同士で行って、落着を試みる手段で、奉行の手を煩わせないことから内済は推奨されていた。

当人同士の言い分が、ほぼ尽きた頃合に、桐がおもむろに口を開く。

「鞘兵衛さま、先の内済の仔細は、すでにお目通しかと思いますが」

「あんなもの、でっち上げに過ぎない。まるであたしどもが、奸計を弄《ろう》したかのように、実を捻じ曲げて書かれていた」と、鞘兵衛が吐き捨てる。

「ですが、証人もございます。隣座敷に控えております公事師の弓蔵が、口書きどおりのやりとりが行われたと申しております」

「組仲間に属さない、もぐりの公事師の言なぞ、信用なりません。大方、金品でも受けとって、山縣屋に加担したのでしょう」

久松屋が苦々しげに語り、隣座敷を睨みつける。

そう来たか、と絵乃は膝の上で、両の手を強く握りしめた。

口書きの証人が、公許を得ない公事師であり、不確かな立場であることを強調すれば、証しそのものの信憑《しんぴょう》性が揺らぐ。そこをいわば無理押しすれば、先の公事で得た証文をたてにして勝算が立つと踏んだのだ。

「こう申しては何ですが、弓蔵は証人としては、いささか難があると言わざるを得ませんな」

公平を期すはずの立会人たる蘆戸屋徒兵衛も、すかさず味方にまわった。

「弓蔵は、元の名を日賀蔵と申しまして。かつては馬喰町で『弦巻屋《つるまきや》』という公事宿を営んでおりましたが、御上より不心得を咎められ、仲間株を取り上げられました。そのような不届者を、証人として立てるなぞ、愚の骨頂と言わざるを……」

徒兵衛の口舌《こうぜつ》を、皮肉な笑いがさえぎった。くつくつと喉から漏れていた笑いは、しだいに大きくなり、やがては哄笑《こうしょう》となった。笑っているのは、日賀蔵だ。狂ったように笑いこけるさまを、誰もが茫然と見詰める。

「ありがとうよ、蘆戸屋の旦那。おれの昔を代わりに語ってくれて。おかげで手間が省けたぜ」

笑顔のまま、徒兵衛を睨みつける。小作りな顔だけに、かえって凄みが増すようだ。

和泉橋のたもとの茶屋で、絵乃に一瞬見せた、あの表情だった。

「馬喰町の衆に裏切られ、御上に売られたと、長いこと怨んでいたが、もう何十年も昔の話だ。怨みつらみも消えかかっていたが……十月ほど前に、真実《まこと》を知らされてな。腰が抜けるほど驚いた」

日賀蔵に事の真相を打ち明けたのは、今年の三月に亡くなった、八拾弐軒組の公事宿の主人だった。日賀蔵は長らく江戸を避け、方々の城下で公事の手伝いなぞをしていたが、十年ほど前に江戸に戻ってきた。里心もあったろうが、昔の怨みが薄れた証しでもあろう。

亡くなった公事宿の主人は、かつて弦巻屋とつき合いがあり、八拾弐軒組の雑務の仕事を紹介してくれたのも、その公事師だった。そして死ぬ数日前、これは墓場までもっていくつもりだったがと言い置いて、その事実を日賀蔵に語った。

「御上にあることないこと言い立てて、おれを陥れたのはてめえだ！　蘆戸屋徒兵衛！」

矛先を向けられた徒兵衛が、はっきりとわかるほど青ざめる。

「何を、馬鹿な……それこそ、世迷言《よまいごと》だ……」

「いいや、話をきいて、おれも思い出した。蘆戸屋とは三度、公事で対決して、いずれも弦巻屋が勝った。公事の巧者を自負していただけに、てめえの面目は丸潰れだ。その意趣返しに、卑怯な手でおれを陥れたんだ」

「そんな……ひどい……！　同じ公事師同士で、他人を陥《おとしい》れるなんて！」

「そんなみみっちい心意気で、公事師が務まるものか。そんな野郎が顔役たあ、八拾弐軒組の底が知れるってもんだ」

義憤に駆られて絵乃が叫び、椋郎もやはり容赦がない。

「だ、黙れ……おれがこいつを陥れただと？　そんな証しは、それこそどこにも……」

「ああ、いまとなっては証しようがねえ。なにせあまりに古い話だからな。だから、今度はおれが、あんたに喧嘩を売ることにした」

「喧嘩だと？　何をするつもりだ」

「この十年、八拾弐軒組の許にいたんだ。あんたとお仲間の汚い手は、さんざっぱら見てきた。そいつを事細かに記して、奉行に訴えた」

徒兵衛以上に慌てたのは、お仲間たる久松屋だ。

「もぐりの公事師の訴えなぞ、誰もとり合うはずがない！」

「ああ、わかっているさ。だから止《とど》めが入り用だったんだ。手代さんたちが書いた、その口書きがな」

徒兵衛と久松屋がはたと固まって、畳に積まれた帳面を凝視する。

手代の兄弟が記した口書きこそが、日賀蔵の訴えの何よりの証しとなり得る。

「あの口書きの証人が日賀蔵さんで、日賀蔵さんの訴えの証しにもなるなんて……相見互いというか、何だか騙し絵を見せられているようね」

狐につままれたようで、絵乃がため息をつく。

「こんな……こんなもの……！　証しになぞ、させるものか！」

徒兵衛がやにわに帳面を摑み、両手で引き裂いた。その姿に、桐がにんまりと、意地の悪い笑みを浮かべる。

「破こうが燃やそうが、構いませんよ。この帳面は、写しですから」

桐の言葉は本当で、この場にある帳面はすべて、椋郎と絵乃が桐の指示で、せっせと書き写したものだった。

「では、もとの口書きは……」

「てめえらを訴えた折に、証しとしてすでに町奉行所に届けてある」

「町奉行所の旦那も、念を入れて糺を行うと、請け合ってくれましてね」

日賀蔵と桐のこたえに、まるで崩れるように徒兵衛が、畳に向かって両手をついた。


「すまなかったな、あんたらを巻き込んで」

蘆戸屋を出て、山縣屋の三人を見送ると、日賀蔵は申し訳なさそうに詫びを口にした。

「構いやせんよ。面白い芝居を見物できて、胸のすく思いでさ」と、椋郎が歯を見せる。

「お絵乃さんにも、難儀をかけたな。茶屋で昔の名を出されたときは、焦っちまったが」

「いえ、こちらこそすみません。後をつけるような真似をして……」

見当したとおり、日賀蔵は茶店の者に絵乃の後を追わせ、狸穴屋に行き着いたのだ。

「狸穴屋に遣手の女主人がいることは、もう先から知ってたからな」

渡りに船とばかりに、蘆戸屋への企みに、狸穴屋を絡めることにしたと日賀蔵は明かした。

「お笠には、会わなくていいのかい？」と、桐がたずねる。

「いまさら、そんなつもりはねえよ。初瀬屋のようすは、山縣屋の旦那を通してきいたしな。あいつが望んでいたとおりの、小ぎれいで飯の旨い宿だとな」

笠が初瀬屋を営んでいるのは、かねてから知っていた。ちょうど繁忙期で、蘆戸屋の客室が埋まっていたことから、山縣屋一行を初瀬屋に行かせたという。

公事については口にせぬよう紀之左衛門に口止めし、自身の関わりを伏せたのも、元女房への気遣いであったようだ。

「あんたの気持ちは、伝わってるよ。その礼にと、お笠からこれを預かっていてね」

桐が渡したのは、竹皮の包みだった。

「椎茸の佃煮。あんたの好物なんだろ？」

小作りな顔がふいに崩れ、日賀蔵が涙を隠すように背中を向けた。

師走の文字どおり、忙しそうな人々が、立ち尽くす日賀蔵の脇を、いくつも過ぎていった。

主要参考文献

『公事師・公事宿の研究』
瀧川政次郎／赤坂書院、一九八四年
『増補　三くだり半　江戸の離婚と女性たち』
高木侃／平凡社ライブラリー、一九九九年
『三くだり半の世界とその周縁』
青木美智男・森謙二編／日本経済評論社、二〇一二年
他、Web資料を参照させていただきました。

初出　オール讀物

「祭りぎらい」　二〇二三年五月号
「三見の三義人」　二〇二三年九・十月号
「身代わり」　二〇二三年十二月号
「夏椿」　二〇二四年三・四月号
「初瀬屋の客」　二〇二四年六月号
「証しの騙し絵」　二〇二四年九・十月号

西條奈加（さいじょう・なか）

一九六四年北海道生まれ。二〇〇五年『金春屋ゴメス』で第十七回日本ファンタジーノベル大賞を受賞してデビュー。一二年『涅槃の雪』で第十八回中山義秀文学賞、一五年『まるまるの毬』で第三十六回吉川英治文学新人賞、一八年『無暁の鈴』で第一回細谷正充賞、二一年『心淋し川』で第百六十四回直木三十五賞を受賞。ほかに「善人長屋」シリーズ、『烏金』『千年鬼』『秋葉原先留交番ゆうれい付き』『永田町 小町バトル』『隠居すごろく』『亥子ころころ』『せき越えぬ』『バタン島漂流記』『わかれ縁』など、時代小説から現代小説まで幅広い作品がある。

初瀬屋《はつせや》の客《きやく》
狸穴屋《まみあなや》お始末日記《しまつにっき》

二〇二五年三月十日　第一刷発行

著　者　西條奈加《さいじょうなか》

発行者　花田朋子

発行所　株式会社文藝春秋
〒一〇二―八〇〇八
東京都千代田区紀尾井町三―二三
電話　〇三―三二六五―一二一一

印刷所　TOPPANクロレ

製本所　大口製本

DTP組版　言語社

ISBN 978-4-16-391954-6